ジャパン・トリップ

岩城けい

角川文庫
22081

目次

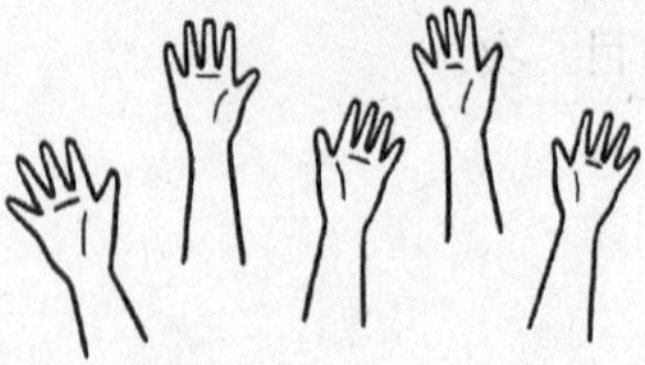

ジャパン・トリップ

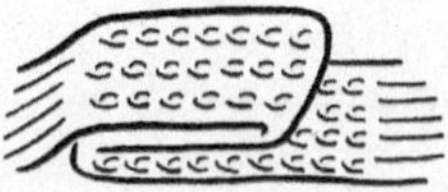

本文イラスト／小幡彩貴

ジャパン・トリップ

Myトリップ

お久しぶり！　ここ空いてるかしら？　どうぞ、空いてるわよ。ねえ、けっこうたくさん来てるじゃない？　あなたのところも、参加することにしたの！　うーん、うちはまだ考え中。説明会に出てから決めようと思って。イーサンは行くって決めているの？　そうなのよ、いまから、何持って行ったらいいだとか、どんな服着ていくとか、もうたいへんよ。そう、イーサンが一緒なら、安心かもね。ローガンったら行くってきかないんだけど、私、心配で。大丈夫よ、ローガンのことは、うちのイーサンがほっとかないわ。二年生のとき、クラスも一緒だったでしょ？　ミス・ドワイヤーのクラス？　そうそう、ミス・ドワイヤー。いい先生だわ、いまはミス・ドワイヤーじゃなくて、ミセス・アラン、だったかしら？　近々産休とるんでしょ？　ウソ、彼女、いつのまに結婚したの？

こんばんは。お忙しいところ、お集まりいただきましてありがとうございます。ただいまより、来年一月に予定しておりますジャパン・トリップの説明会を始めます。ご存じの方も多いと思いますが、改めて自己紹介させていただきます。私はリアン・オキャラハン、五、六年生のシニア・コーディネーターです。本日お集まりいただいたのは、ただいま実現に向けて進めております、本校初のジャパン・トリップについて、大まかではありますが、具体的にご説明させていただきたく、お時間を頂戴《ちょうだい》いたしました……。ここで、校長のケヴィン・グレイから、保護者のみなさまに、ご挨拶《あいさつ》させていただきます。

いまの校長って、まだそんなに長くないわよね？　ああ、彼、以前は別の学校で校長をしてたから。そこを十年かけて人気校に仕立てて、三年前に前の校長が退職したとき、理事会から請われて着任したのよ。この人が来てから、内部の職員にも大幅に入れ替えがあって、採用条件も厳しいし、入学者数もウナギのぼりらしいし。ま、かなりのやり手だってことは、間違いないわね。あなた、そんなことよく知ってるわね！　あたりまえでしょ、保護者会《ペアレンツ・アソシエーション》なんて、そんな話ばっかりやってんだもの。

リアン、ありがとう。みなさま、こんばんは、校長のケヴィン・グレイです。ローランド・ベイ・グラマーに着任して三年になりますが、この三年、卒業生を送る際に、彼らの自信に満ちた表情をながめながら、校長として自負しておりますことは、わが校では、どこへ行っても通用する知力、能力、体力、そして後々も支え合う仲間を、小学校、ハイスクール一貫の学校生活で得ることができるということです。その教育理念の一環として、わがローランド・ベイ・グラマー・スクールが日本の綾青《りょうせい》学院と姉妹校協定を結んでから今年で四年たちました。本日この場にお見えのみなさまのなかには、記憶に新しい方もいらっしゃるかと思いますが、昨年は綾青学院の小学部より十二名の生徒を五日間、お招きいたしました。周辺の観光やアクティビティに加え、在校生の家庭へのホームステイ、課外授業への参加、そしてなによりも子どもたち同士の交流は、両校にとって、なにものにも代えがたい経験となっております。

この校長、なかなかスピーチが上手。でも長くない？　金曜日の全校集会でも、そうとう長い間しゃべってるっていうし。ねえ、ジャッキー、あなた、去年、日本人の子も預かったのよね？　どうだった？　大変だった？　ぜーんぜん。それが、すごくいい子だったの！　英語も上手だし、食事もなんでも食べるし、部屋も片付けて、ミラクルみたいな子。うちのハイリーも大喜びしてたわ。

そして来年早々、綾青学院のお招きにより、わが校の生徒が日本を訪ねることになりました。本日お集まりの生徒、そして保護者のみなさまには、このまたとない貴重なプログラムにご関心を寄せて戴《いただ》き、誠にありがとうございます。

ミズ・オキャラハンも、ジャパン・トリップに行くって言ってたよ。え、ヤマナカ・センセイは？　ミズ・オキャラハン、日本語しゃべれるの？

このプログラムが実現いたしますのも、リアン・オキャラハン、そして、いまからご紹介いたしますコータ・ヤマナカの尽力あってのことです。コータはここ、ローランド・ベイ・グラマー・スクールで、三年生から六年生までに日本語を教えております。今夜は、ジャパン・トリップの日程、綾青学院の在校生家庭でのホームステイ、観光など、詳しい内容を、リアンと一緒にご説明いたします。参加対象となる生徒は五、六年生とさせていただきます。この年齢ですと十分、親元を離れての行動、旅行も可能でございます。引率はコータ、リアンの二名になる予定です。また、綾青学院の英語科コーディネーターであるミス・クリスタル・ウォーターハウスとも今回のジャパン・トリップ実現に向けて綿密なやりとりを活発に行っております。コータ、そろそろきみの出番だ……。リアン、コータにこのマイクを渡して。渡すだけだぞ、しゃべるなよ、きみはマイクを握ったら離さないんだからな。ホホホ！　いやだわ、ケヴィンったら！　人のこと言えるの？　コータ、じゃ、よろしく。

あら、あれがミスター・ヤマナカ？　はじめて見たわ。うちのローガンは家でもミスター・ヤマナカの話ばっかりしてるの。うちのジョジーナだってそうよ、日本語の授業が一番好きだって言ってるわ。英語より日本語のほうが点数いいくらいよ。このまま、十二年生まで日本語をやる、ですって。でもねぇ、ジョジーナはまだ十二歳だし、一週間も子どもを海外に行かせるなんて、ちょっと考えちゃうわ。クレジットカードとかスマートフォンとか持たせてもいいのかしら？　日本って、たぶん高くつくでしょ？

ケヴィン、リアン、ありがとう。もっと喋《しゃべ》ります？　僕は構いませんよ？　え、マイク返せって？　止まらなくなるからダメ！　そこ、笑うな、ジャクソン！　さ、みんな。夜の挨拶はなんていうんだっけ？

コンバンハ！

コンバンハ、ヤマナカ・センセイ！

ヤマナカ・センセイ、コンニチハ！

ん？　いま、どっかでコンニチハって聞こえたぞ？　こんばんは、みなさん。日本語コーディネーターのコータ・ヤマナカです。夕食のあとの、家族団らんのお時間にお越しくださいましてありがとうございます。このたびのジャパン・トリップには、リアン・オキャラハンとともに引率、同行させていただきます。今回の海外研修の目的は、姉妹校である綾青学院への学校訪問が主となっておりますが、このプログラムを実施することはローランド・ベイ・グラマーの日本語課程にとって不可欠だと考えております。と申しますのは、週に一度の授業では本来の意味での会話力を育《はぐく》むことは容易ではありませんし、文化面においても、教室内では学べないことが多くございます。また、語学研修に加えて、生徒たちひとりひとりの理解力、行動力、学習達成力を高め、加えて他の文化や言語に親しく触れることで他文化に対する寛容性を養うことになるでしょう。外国語学習の目的のひとつに、母語と母国を見つめなおすねらいがございますが、違う言語を学ぶことで、母語の成り立ちや文法をより深く理解したり、母国の文化を客観的にとらえることができるようになります。前置きが長くなりましたが、ただいまより、日程、ホームステイなどについて、ご説明させていただきます。

ヤマナカ・センセイ！　東京ディズニーランドには行ける⁉

ハハハ。まだ、なんも説明しとらんだろうが、座れ、ローガン。質問は手をあげてから。大声を出さないこと《ノー・コーリング・アウト》。東京ディズニーランド、行きません。

えええええーーーー！　行くって思ってたのに！

さわぐな、ディズニーランドはほかの国にもあるけど、きみたちは日本にしかないところに行けるぞ！

ヤマナカ・センセイ！　それどこ⁉

ノー・コーリング・アウト、ローガン。立ち上がらない、座って。

それはあとのお楽しみにしよう。まず、いま予定している日程から。日程は一月の夏休み期間中の一週間。行き帰りの飛行機で二泊、姉妹校の綾青学院小学部の訪問と、在校生家庭によるホームステイで、まず三泊します。現在、あちらでホストファミリーの希望を募っています。いまから、ご参考までに、参加者のプロフィール書、ホームステイ申込書をお渡しいたしますので、ご覧ください。キーラ、これ、回して。

ヤマナカ・センセイ！　ホストファミリーって、英語しゃべれるんですか？

日本って英語通じるの？　そりゃ通じるでしょ？　通じなかったらどうするのよ？

ミスター・ヤマナカが通訳してくれるんじゃない？　そのために引率で行くんでしょ？

そうねえ、ユイカもあんなに英語が上手だったんですもの、日本は英語も通じるんじゃないかしら？

ニック、いい質問！　さあ、みんな、どう思う？　日本は英語が通じる国だと思う？

通じる！　通じない！　通じる！　通じない！　わかんない！

この人の英語もスゴイわね？　理解できるからいいんじゃない？　テレフォンセールスなんか、もうそりゃヒドイもんよ。何人《なにじん》かしらないけど、あれで英語のつもり？　まったくだわ、うちも、電話かかってきて、ひどい訛《なま》りだったら即切っちゃう。

世界には英語を話さない国もあります。日本では、公用語は日本語のみです。

えー！　英語通じないの？

ジョジーナ、ノー・コーリング・アウト。みなさん、プロフィール書とホームステイ申込書、行き渡りましたか？　では、ご覧ください。こちらは、みなさんとホストファミリーのマッチングに使われます。プロフィール書には自己紹介や連絡先、ホームステイ申込書には部屋の希望、ペットが大丈夫かどうか、食物アレルギーの有無などを書く欄があります。みんな、自分の名前は日本語でバッチリ書けるな？

ＹＥＳ！

え！　ちょっと、キーラ、日本語で名前が書けるの？　うん、私たちはもう慣れてるよ。そうだったの。それはいいけど、これ見て。また「ぜんそくマネジメント・プラン」をドクター・スのところで出してもらわなきゃいけないわね。あなた、ほんとに大丈夫？　ぜんそくの発作が起きたら、どうすればいいのかしら。英語、通じないんでしょ？　お母さん、なんだか不安になってきたわ。あなた、食物アレルギーもいろいろ持ってるし。アナフィラキシーの注射も持って行かなきゃならないし、だって、食べたことのないものなんて、何が入っているかわからないでしょう……、一週間だなんて、常備薬の欄に書ききれないくらい薬持ってかなきゃならないわよ？　大丈夫だってば、みんな一緒だし。そうよ、アデル、あなたのとこのキーラはしっかりしてるから大丈夫よ。うちのローガンのほうがずっと心配だわ。もぉ、あんなふうに立ち上がったりして。いつまでも子どもなんだから。日本へ行きたいだなんて、いまからでも考えなおしてくれないかしら？

連絡先には、固定電話、スマートフォン、メールアドレス、すべてご記入をお願いします。

ミスター・ヤマナカ。よろしいですか？　ニーナ・アスキュー、ジョジーナ・ライオネルの母親です。

どうぞ、ニーナ。

スマートフォンは持って行ってもいいんですか？

今回は原則として、持って行かない、ということにしています。デジタルカメラのみ許可しようと考えています。

すると、一週間のあいだ、どうやって娘と連絡をとればいいんですか？

そうよ、困るじゃない、連絡がとれないなんて。しかも海外に行かせているのに！すごい時代錯誤！

コータ、ちょっと失礼。ニーナ。コータと私で、毎日、インターネット上のアルバムにお子さんの写真を掲載いたします。このクラウド・アルバムは参加者の保護者だけにパスワードをお伝えしますので、原則として、私ども、保護者のみなさん、そして生徒たちのみがアクセス可能ですから、セキュリティーの面でもどうぞご心配なく。その日あった出来事、行事、訪れた場所、綾青学院小学部、ホームステイでの様子も画像でアップするつもりでいます。笑った顔も泣いている顔も！　ホホホ、親御さんには、もちろん、スマートフォンの携帯は二十四時間許可いたしますから、ホホホ、職場でもご家庭でもいつでもどこでも、お子さんがどうしているかチェックできますよ、お子さんの元気な姿を毎日ご覧になって、少しでも安心していただければ……。いまから、そのアルバムへの写真掲載の許諾書もお配りいたしますね。

それは楽しみですけれど、すると、親はどうやって子どもと直接連絡をとりあえばいいのでしょうか？

そうよ、こっちはそれが知りたいんだってば、ねえ？

私どもも、その点については協議を重ねました。親御さんのご心配はよくわかります。しかし、この旅は、ほとんどの生徒にとってはじめての海外経験だということで、なるべく自分の目と耳で見聞きし、自分の足で歩いて実際の土地を訪れることがなによりも大切かと考えておりますの。電子機器の使用は、その妨げになるかと。なにか緊急のことが起きた場合は、もちろん、みなさんの連絡先に直接ご連絡いたしますので、どうかご安心ください。それに、日本語がとても上手な、ホホホ、そうです、上手なんですよ、それもネイティブ並に！　コータが同行いたしますので、ご心配には及びません。

みんな、なんであんなに騒ぐ？　一週間くらい、あんなものがなくったって、生きていけるさ。第一、そんなヒマないんじゃないか？　いろいろとアクティビティで忙しいだろうし。それに日本だろ、スマホで連絡されたって、駆けつけられるわけがないじゃないか？　もう、学校を信頼して預けるしかないだろう。だいたい、みんな、過保護すぎるんじゃないのか？　あら、わからないでもないわよ、日本よ、外国に行くのよ、しかも子どもだけで！　私だって、シャンテルのこと、できれば行かせたくないわよ。このおとなしい子が、自分から日本に行きたいだなんて。シャンティ、どうしても行きたいのよね？　そう。だったら、ママン、なにも言わない。そうだ、シャンテルが自分から行きたいって言ったんだ。こんなこと初めてじゃないか。

この点については、説明会のあと、個人的に私かコータにお尋ねください。さらに詳しく、ご説明申し上げます。コータ、つづけて。

ありがとう、リアン。では……。あれ？　どこまでいったっけ？

ホームステイの紙！

そうだ、そうだ。ありがとう、キーラ。ホームステイは三日間、そのあいだ、綾青学院に通うことになります。綾青では生徒のほとんどは電車か地下鉄、またはバスに乗って通学しています。みんなも、電車か地下鉄、バスに乗って学校に行ってください。

おおおおおおおおー！！

ヤッター！

キャー！

ちょっと、今の聞いた!? そんなの、無理！ 子どもだけで電車に乗せるの？ 右も左もわからない外国でなんて、危険すぎるわ！ 小学生でしょ！ うちは女の子だし、国内だろうが海外だろうが、子どもひとりで外なんか歩かせたことないわよっ！ 迷子になったらどうするのよ？ 襲われたらどうするのよ？ 危なすぎるじゃないの！

すみません、ミスター・ヤマナカ。ちょっと、それは、あまりにも現実的ではないように思います。あ、私、タラ・ユーレンと申します。ジェットの母です。私、外国で、小学生の息子が、その、ひとりで電車に乗るなんて、どうしても想像できないんです。いま気がついたんですけど、ということは、下校時の夕方も電車に乗ってホームステイ先に帰るということになりますよね？ 何時になりますか？ 子どもだけで歩かせて、ほんとうに、大丈夫ですか。

ほら、タラが出てきたわよ。あの人のことだから、言いたいこと言うんじゃないかしら。保護者会の会長もやってるし。

ご心配はごもっともです。こちらでは、近所に自宅がある場合は歩いて通う子どももいますが、学校まで距離があることが多いので、子どもは家の車かスクールバスで通学するのがあたりまえかもしれません。しかし、日本では、親が車で毎日、朝晩、学校へ送り迎えするというのは、あまり見られない光景でして。親の付き添いなしで、子どもが自分の足で通学することはごく普通なんですよ。特に下校時は、こちらと違って、学年ごとに授業終了の時間も違っていますし。公立の小学校では徒歩で通うことがほとんどですが、綾青学院は私立で学区制ではないため、電車やバス、地下鉄を利用することになります。聞いたところによると、電車を何度か乗り換えて通う生徒もいるそうです。

ウソッ！

クール！

クレイジー！

そこまでして通いたくなるような、そんないい学校なのかしら？　その学校って？　寄宿舎ないの？　さあ？　でも、私だったら、なおのこと車で送っていくけど？

親御さんが最も心配されるのは、治安のことでしょう。迷子にならないか、トラブルになりはしないか、などとお考えかもしれませんが、それについては、ケヴィン、リアン、私、そしてクリスタルたち先方の職員の方のお力も借りて、万全の態勢で対応してまいります。

態勢って、たとえば？　具体的に説明してくださいな！　連絡もまともにできないのに、外国で電車に子どもだけで乗せるなんて、考えられません！　なにかあったとき、どう対処なさるおつもりですか？　どうやって責任をとられるんですか？　大事な子どもを一週間も預けるんですよ！

ホラホラ、タラったら、つっこんでるわよ。彼女も言い出したらきかないから。でも、彼女がわめくのもわからないでもないわよ。いくら、ダイジョウブだっていっても、行ったことないところで、子どもだけで行動させるなんて、心配じゃない。なにかあってからじゃ、遅いもの。

タラ、落ち着いてください……。コータ、マイクを貸してくれる？　私からご説明いたします。まず、ホームステイは在校生の家庭から募っています。すなわち、その家庭の在校生と一緒に通うというのが、私たちが想定しているシナリオです。それでも、子どもだけじゃないかとご不安かもしれませんが、綾青の在校生は小学生といえども、もう何年も毎朝毎晩、公共の交通機関を利用して登下校しているそうですので、大丈夫だと思います。しかし、みなさんのご心境をお察しいたしまして、登下校時の不安について、今後、あちらのホストファミリーとも相談してみようかと思います。クリスタルにも、確認を重ねて。コータ、お願いしますね。ね、ケヴィン、綾青の先生方やホストファミリーのみなさんにも、もういちど、安全面の点などを確認していただくというのは、どうかしら……？

そうだな、それは相談してみないといけないね……。私も、ホストファミリーごとの通学路や交通手段までは確認していなかったもんでね。コータ、ホストファミリーにも、プロフィール書に通学路と交通手段を書き込んでいただいたらどうだろう？　所要時間もわかるとなおいいんだが。みなさま、今の段階では、ホストファミリーが確定しておりませんので、後日になりますが、私から綾青学院に相談いたします。ああ、通学路で思い出しましたが、綾青の生徒はすべて、GPS端末を携帯しております。今回参加する生徒にもGPSが配布される予定です。

エエッ、子どもにGPS！　スゴクない？　でも、それだったら安心だわ。OMG《オーマイゴッド》！　ヤダ！　絶対にいやッ、私、日本に行ってまで、ママにずっと自分の居場所しられるなんて、ガマンできない。プライバシー侵害！　いいかげんにしてよ、私をいくつだと思ってるのよ！　ブリットニー、親に向かって、その言いぐさはなんなの！　ママって結局、私のこと信頼してないのよね⁉

ヤマナカ・センセイ！　あっちの学校でなにするんですか？　ニホンゴのほかに何やるんですか？　みんなで遊べたりするんですか？

きみたちが通う三日間は、特別授業をしてくれるらしい。うちだって、去年、綾青の子どもたちが来たときは、バスケ大会もしたし、バーベキューもしたし、動物園へ遠足にも行ったし、一緒に遊んで楽しかっただろ？　顔だって名前だって、まだ覚えてるんじゃないのか？

レン！　ミサキ！　ハルト！　ジュンヤ！　カノン！　ユイカ！

ちゃーんと覚えてるじゃないか。あっちでも、きみたちのこと覚えてるはずだ。

そうね、ユイカは英語がうまかったけれど、やっぱり意思疎通は難しかったのよ。表情に乏しいっていうのかしら？　食べ物にしても、ほんとにおいしいって思ってたかどうか、よくわからなかったし。それにしても、ユイカの親もすごく不安だったんじゃないかしら？　よくあの年の子どもを手放したなって、感心したもの。私も、日本から娘が来たみたいで、嬉《うれ》しくて、そりゃ、できること全部したわ。それに、人様の子を預かっているんだもの、危険な目にあわせるなんて、とても考えられない。あちらでも、きっとそうしてくださるでしょうよ。

学校のほかにどこへ行けるの⁉　東京ディズニーランド？

ノー・コーリング・アウト。ローガン、さっき何聞いてた？　東京には行きません。東京ディズニーランドも行きません。

ヤマナカ・センセイ！　マクドナルドはありますか？

うちの子、すっごく好き嫌い《ファッシー》が多くて、一週間もマクドナルドなしで生きていけるのかしら。日本のスシなんて、この子、もう絶対ダメ。米も魚も大嫌いだし。あのニオイだけで倒れるんじゃないかしら？　リヴァイ、ほら、座りなさい。

ノー・コーリング・アウト、リヴァイ。マクドナルドか。もちろん、あるぞ。でも、せっかくだから、日本の食べ物、ためしてみたらどうだ？　お気に入りがあるかもしれないぞ？

さて、みなさま、ホームステイのあとの二日は観光に当てます。リアン、スライドショーをスタートしてくれます？　手持ちの写真でちょっとしたスライドショーを作ってみました。ご覧ください。……これが日本の地図です、東京がここ。大阪はこちら。

日本って中国のとなりでしょ？　うちの祖母なんか、日本と中国の区別、いまだにつかないのよ。あー、そうよねぇー。あの年代の人たちはねー。わかるわー。

綾青学院はここ、空港からはリムジンバスで移動します。最初の三日間はホームステイで、あとの二日は観光になります。京都にも足を延ばします。こんなところへ行く予定……。

すげえ！　金ぴかじゃん！　人住んでるの？

ハハハ。

あれ、ほんものの金？　あんな外にあって、盗まれないのかしら？　まさか！

おおおおーーー、トーキョー・タワー！

だからー、おまえ、なに聞いてたんだよ、東京じゃねえって！

じゃ、なにタワー？

オーサカ・タワーじゃねえの？

ノー・コーリング・アウト！

HITACHI《ハ ィ タ チ》？　あと、全部日本語でしょ？　キーラ、どれか読める？　キャハハ、ぜーんぜん読めない。

ニンジャ！！！　ヤマナカ・センセイ！　見て、ニンジャ！　サムライ！　頭のてっぺん、ハゲてる！　寒！　おおおおおおえーーーーーーーーー‼　ゲイシャ‼　おええぇ！　げーっ！　顔、真っ白！　キモーーーーイ！

きゃーーーー！　えええええーっ！　キャー！　キモノ！　お人形みたい！　カワイイー！

こんなところ、日本でしか行けないぞ！　参ったか！

シャンテル、あんなふうにしてみたいのよね……。ママン、もうなにも言わない。セシル、もういいじゃないか、シャンテルがなにを好きだろうが、なにを着たかろうが、とにかく、この子が初めて自分からなにかしたいって言い出したんだから。おねがい、ママン。いいでしょう……？　これ、わたしの旅行《トリップ》……。

うちは、もう参加は決まりね。ユイカに会いたいって、あんなに言ってたし。ねえ、おこづかいって、いくら持たせたらいいのかしら？　そうよね、うちの子に現金なんか持たせてこんなところにつれてったら、三時間で使い切っちゃうわよ。ああ、もう目に見えるようだわ。貴重品はミズ・オキャラハンが管理してくれるんじゃない？　ユイカもお金は先生に預けてたわよ。でも、一体何なの、アレ？

コータ！「エイガムラ」、予定に入れられたの？　はい、入れました。いけませんでした？　大阪から京都までシンカンセンにも乗せて、観光名所をいくつか巡って。そうそう、その案が出てたわよね。ただ、スケジュールがいっぱいだったから、大丈夫かしらと思っただけよ、あら、そうなの、ホホホ、それは楽しみだわ！

おいおい、ありゃ楽しそうじゃないか。いいなあ！　おれも休みとってイーサンについて行こうかな？　日本、いいところだぜ。スコット、おまえ行ったことあるのか、日本？　ああ、スキーに行ったことあるんだ、あれはホントによかったな。ケイトともニセコで知り合ったんだ、彼女もシドニーからスキーに来ててさ。雪も最高だったし、外国からの観光客がいっぱいで、なんの不自由もなかったぜ。こんどは、こういうトラディショナルなモノを見るローカルな旅もいいだろうな。去年はうちにも日本人の子どもがホームステイしたし、ケイトもおれも、イーサンがニホンゴ勉強するのに大賛成なんだ。これからの時代、おれたちみたいにひとつの言葉しかしゃべれないっていうのは、少数派になってくるだろうしな。おい、親はついて行けないのか？

みなさん、それでは今夜はこのへんで。参加を希望される方は、さきほどお配りしたプロフィール書等にご記入の上、私、コータか、リアンにご提出をお願いいたします。後日、希望者にはインタビューを行いますので、日時は追ってご連絡いたします。参加者が決定いたしましてから、次回のミーティングを行います。日時が決まりましたら、学内ニュースレターやスマートフォン・アプリの「スクール・バッグ」、そして個別にもメールでお知らせいたします。みなさん、今宵《こよい》はお疲れ様でした。さ、あちらにコーヒー、紅茶、軽食が準備できております。ご自由にどうぞ。ご質問があれば、私コータかリアンがおりますので、どうぞご遠慮なくお尋ねください。

あら、もうオシマイ？　ニーナ、どうする？　あ、ステラにお留守番させてきたの？じゃ、早く帰ってあげないとね。私、ちょっとお茶でも飲んで帰るわ。ミスター・ヤマナカとお話ししてみたいし。

あ、みなさん！　すみません、大事なことを忘れてました。旅行代金のおよその金額と明細が出ております。参加生徒の年齢が十一歳と十二歳では金額が異なっております。来年一月の出発時に十一歳までですと子ども料金、十二歳になると大人料金とお考えください。どうぞ、ご注意ください。支払いは四回の分割になっております。パンフレットも忘れず、お持ち帰りください。みなさま、今夜はありがとうございました。

３５００ドルか。これって高いのか？　それとも安いのか？　いつまでに納めるんだ？　よぉ、レイ。しばらくだな。なんだ、おまえんとこも、ジャパン・トリップ行かせるのか？　どうだろうな、うちのワイフはあんまり乗り気じゃないんだけど、ローガンが行きたがっているんだ。ニンジャが大好きなんだよ、あいつ。将来はニンジャになるのが夢なんだってさ、ハハハ。それに、ローガンは海外旅行したことないしな。そうか。うちのニックはもう行くって決めてるんだ。とにかく買い物がしたいらしい、ハハハ。まあ、良い経験にはなるだろう。そうか、それにしてもまあ、よくも次から次へと金がいるもんだ。それに、おれたちが子どものころなんて、こんなプログラムなんてなかったよな。いまの子どもは、ラッキーだな。まったくだ、ハハハ。

ヤマナカ・センセイ！

ショーン。来てたのか。

こんばんは、ロッテ・パワーと申します。ショーンの祖母です。申し訳ございません、遅れて来ましたので、ご迷惑でなかったですか……。

とんでもない。よくおいでくださいました。ひとりでも多くの方が興味をもってくださるだけで、今夜は大収穫です。そうだ、ショーンは、いつも私の授業の後片付けを手伝ってくれるんですよ。次の教室まで、教材を運んでくれたりもします。たいへん助かっています。

一人っ子で、人見知りもいたしますのに……。年寄りに育てられたせいか、ちょっと冷めたところもありますでしょう……。あの……、それで、プロフィール書に、両親の連絡先というのがありましたが……。母親とは、もう長く連絡のとれない状態でして……。私の連絡先でも構いませんでしょうか？　私はこの子の祖母ですし、後見人にもなっておりますの。

存じ上げております。もちろん、そのようになさってください。私からも、校長とミズ・オキャラハンにそのように伝えておきます。

ありがとうございます。参加させていただくことになりましたら、ご面倒おかけいたしますが、どうぞよろしくお願いいたします……。ああ、みなさん、先生のことをお待ちのようですよ。それでは、私どもはこちらで失礼いたします。よい夜をお過ごしくださいね。

よい夜を、ロッテ。

ヤマナカ・センセイ、おやすみなさい！

また明日な、ショーン。

おばあちゃん《ナン》。なあに、ショーン？　ほんとうにジャパン・トリップに行ってもい い？　怒ってない？　どうして私が怒らなきゃならないの？　おまえには良い機会だよ、行っておいで。さ、お茶を飲み終わったら、家に帰って、ご飯にするわね。ごめんね、今日は体の調子が悪くて、もたもたしちゃって。あやまらないでよ、ティー《夕ご飯》なら、おれがなにか作るから。『チキン・トゥナイト』だったら、おれ、ちゃんと作れるぜ！　それより、ナン、ほんとに？　ほんとに、怒ってない？　ほんとに日本に行ってもいい？ああ、何度も言わせないの。行きたいんでしょう？　おまえの父さんもいいって言ったんだし。ショーン、ほら、そこのゴミ、ちゃんと捨てておいて。えーっ、なんでおれが？　おれのゴミじゃないよ！　だれのゴミだっていいの、ゴミはちゃんとゴミ箱に捨てるものなんだよ。……さあて、家に帰ろう。お腹すいたでしょう、ショーン？　ウン。

My オカーチャン

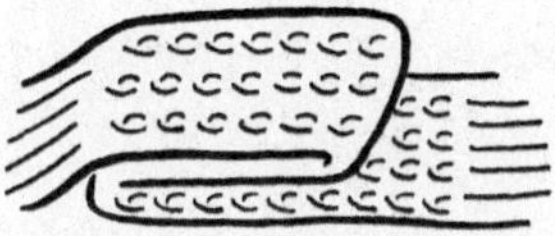

双子の兄弟は、ここ三日ほどろくに眠っていなかった。

今になっても他の子どもを追いかけたり、追いかけられたりして大暴れしている。双子の両親は、この日が来れば兄弟のお祭り騒ぎもさすがに収まるだろうと高を括《くく》っていた。子ども時代を振り返れば、遠足とか修学旅行というものは、その準備をしているときが一番楽しいものだった、と父親の雅明《まさあき》は息子たちの姿を目で追った。

「カズ！　じっとせんか！」

父親に大声で呼び止められて少年は立ち止まると、ニヤッと笑い、ユウでした！　と小さな舌を出した。すまん、ユウ、とにかくじっとしてろ、と雅明は肩をすぼめた。

「なんちゃって！　カズでした！」

少年が駆け出す。コラッ！　カズ！　戻ってこい、もうすぐ来るぞ！　雅明はため息をついた。双子が生まれて九年、なにもかも二倍の子育てで、どさくさにまぎれているうちにすっかり大きくなってしまった感があるが、いまだに、どちらがどちらか見分けがつかないときがある。双子は、先に生まれた兄を一樹《かずき》、七分後に生まれた弟を祐樹《ゆうき》と名付けた。一卵性の兄弟で、前から見ても後ろから見ても、違うところを探す方が難しいほどだ。健康で大きくなってくれれば十分だとはわかっているものの、ゆくゆくは双子たちが、一個の独立した人間として、それぞれの個性を発揮できるようにもなってもらいたい、というのが雅明の願いだった。

待機していた小学校の講堂で、他の家族と雑談しながら、双子の母親はほぉっとため息をついた。自分がここにいるのは、ホストファミリーの数が足りないので、ぜひ協力してほしいと役員をやっている友人から頼み込まれたせいなのだ。双子たちの世話と店のきりもりだけでもめいっぱいだというのに、もうひとり、人の子どもを預かるなんて、と茉莉《まり》はこの段になっても憂鬱《ゆううつ》でたまらない。たった三日間とはいえ、無事乗り切れるのだろうか？　見ず知らずの外国人にどう接すればいいのだろう？　病気や事故のときは？　子どもたちは学校で英語を習っているからまだしも、和菓子職人の夫が英語に堪《たん》能《のう》であるわけがない。短大を出て銀行に勤め、いまでは婚家の家業である和菓子店の店頭に立っている茉莉にいたっては、英語など、残りの生涯を含め、関わりのない言葉と断言できる。うちみたいなところへ来たって、ショーンという男の子もつまらないのではないのだろうか？　オーストラリアの家はさぞ立派だろうし、庭だって広いのだろう。それに比べて、わが家は猫の額のような裏庭がついているだけの、小さな一戸建て。お客さんには仏間で寝てもらうしかないのだが、子どもたちはいまだに夜は仏壇を怖がる。天井近くには、宮本《みやもと》家代々の古びた遺影が飾られてあり、祐樹などは夜になると仏間には近寄ることも出来ない。ショーン君という男の子にも、どうやら子ども部屋で子どもたちといっしょに寝てもらったほうがいいだろう。となると、床に布団を敷くことになる。あっちの子どもはふだんはベッドで寝ているのではないだろうか？　布団なんて大丈夫だろうか？　簡易のベッドを買ったほうがいいのだろうか？　洗濯物は家族のものと一緒に洗ってもいいのだろうか？　食事は洋食のほうがいいのだろうか？　宮本家はどちらかというと米派だ。朝食はパンですませている雅明だが、夕食には丼一杯の白米、漬け物、そして味噌《みそ》汁がかかせない。子どもたちにしても、サンドイッチよりもおにぎりを好む。そんなふうに次から次へと想像なり妄想なりを始めると、茉莉も寝不足の日がつづいた。

まわりを見渡すと、在校生家庭のホストファミリーたちがオーストラリアからの受け入れ児童を待ちながら、談笑している。仕立てのよいスーツに身をつつんだ父親たち、品の良いアンサンブルに本物の宝石類をつけている母親たちが笑いさざめいている。そのほとんどが自営業や会社経営といった富裕層と見受けられる。綾青は雅明の母校であり、彼のつよい希望で息子たちを入学させた。綾青小学校、中学、高校、大学とエスカレーター式の教育を受けた雅明は綾青の純血種といってよく、そのあたりは、高校まで公立で過ごした茉莉からすれば、やはり「ええとこのぼんぼん」、である。

茉莉は正月の福袋で手に入れたコートの前をかき合わせた。ウール混の生地は上質だが、襟元に安っぽく光るナイロン製のフェイク・ファーがついている。五代続く老舗《しにせ》の菓子店に嫁いだとはいえ、最近では形式張った慶事や弔事は数が減る一方で、結婚、内祝い用の赤飯や紅白饅頭《まんじゅう》、さらには贈答用の乾《ひ》菓子にしろ、大型のチェーン店に押され気味である。ここにいる人たちはみな、旧式の木造住宅に住んでいる自分たちと違って、さぞ立派な邸宅に住んでいるに違いない。このような保護者の集まりがあるたび、茉莉は少しいじけた気持ちになるのだった。

ざわざわと人声が充満し、子どもたちの奇声や歓声が混じり合った空気のふるえが一瞬、止まる。開け放ってあった講堂のドアから、大人がひとり——どうやら日本人らしい男性、そのあとに、促されるようにして、おずおずと、子どもたちが入ってきた。亜麻色の髪を首元でまとめた中年女性が最後に現れると、ドアが閉まった。それまで騒いでいた生徒たちの歓声と保護者の談笑がはたと止んだ。すると、沈黙を破るかのように、ホストファミリーの一団から、自然と拍手が起こった。音の波に促されるようにして、ゲストの子どもたちが恥ずかしそうに顔をあげ、やっとあたりを見回した。この自分までもが思わず手を打っていることに、茉莉は驚いた。拍手のあとは、あかるいどよめきと笑い声に包まれた。

「おかあちゃん、あの子や!」

「ほんまや、あの子や!」

双子たちは大声で叫びながら、母親の元に駆け寄ってきた。どの子、ショーン君はどれ?　もっちゃん、どの子かわかる?　と、となりにいた雅明に声をかけながら、茉莉は背伸びして、宮本家で預かることになっている「ショーン・パワー」という少年を人垣の合間から目で探した。前もって送られてきた自己紹介の紙に貼られた写真を、必死に脳裏に呼び起こしながら。

雅明が、あっ！ おーい、ショーン！ と素っ頓狂《とんきょう》な声をあげた。雅明には妙に物怖《お》じしないというか、やたら人懐っこいところがある。みな雅明の方を振り返ったが、本人はそんなことはお構いなしで手を振り続けている。

「恥ずかしいやないの」

茉莉は顔を赤くしてうつむいた。一樹も祐樹も、手を振った。双子の息子たちも、父親のこの性格を等分に受け継いでいた。

＊

ホストファミリーには双子がいるって聞いていた。ヤマナカ・センセイからもらった家族のプロフィールによると、双子はおれより三つ年下の九歳。ホストダッドは三十八歳でお菓子のお店をやっていて、ホストマムはお菓子のお店で働いている。学校までは電車で二十分。ペットに金魚を飼っている、らしい。

ヤマナカ・センセイは参加者全員のホストファミリーと前もってメールでやりとりしてくれていた。ある日、センセイに呼ばれて、おれを泊めてくれるミヤモト・ファミリーからメールがきて、滞在中におれが何をしたいか、どこへ行きたいか、なにが食べたいか知りたがってると言われた。べつに、と答えると、ヤマナカ・センセイが、素っ気ないやつだなぁ、なにかあるだろう？　と笑った。

「べつに、ないし」

日本に行きたいっていうより、キョートに行ってみたい、そんなこと言っても、センセイにわかるわけないし。ヤマナカ・センセイはおれをじっと見てから、あ、聞くの忘れてた、と言いながら、パソコンの画面に目をやった。

「フトンで眠れるか？」


出発の朝、ナンが集合場所の学校のバス乗り場まで送ってくれた。父さんは前の日にフライトが入っていて見送りに来られなかった。父さんはパイロットで、一度フライトで出かけると、ふつうは一週間ぐらい帰ってこない。昨日、父さんが出がけに言った。父さんも日本には何度も飛んだ。きれいなところだぞ。自然、食べ物、街、どれも素晴らしいけれど、特に人が素敵だ。日本人は親切で礼儀正しくて、慎み深い。ナンが、例外だってあるよ、とボソッと言った。

バス乗り場につくと、ローガンがお母さんに抱きついて泣いていた。あんなに張り切ってたのに、やっぱり行かない、一週間も家族と離れるのはいやだ、って手足をバタバタさせていた。あいかわらずガキくさい。スーツケースをバスのドライバーのおじさんに預けて、リヴァイとイーサンと喋《しゃべ》った。靴コレクターのニックがおれの新しいナイキの靴に気がついて、そのナイキいいなぁ、って褒めてくれた。ナンがちょっと前に買ってくれたやつ。蛍光のオレンジ色で靴紐《ひも》が真っ黒っていうのが最高に気に入っている。たくさん歩くので、履き慣れた靴を履いてきなさいって言われてたけど、どうしてもこれが履きたかった。

ミズ・オキャラハンが出発の合図を送ってきたので、お別れのキスをしようと思ってナンを捜したけど見当たらない。どうしたんだろう？　どこへ行ったんだろう？　グラウンドも体育館も受付も、女子トイレだって覗《のぞ》いた。すると、ジョジーナのお母さんがジョジーナをハグしながら、ロッテは帰ったみたいよ、って言った。あわてて駐車場に走っていった。ナンが車の運転席に座っているのが見えた。ハンドルに両手をかけて、うつぶしていた。白い頭が震えていた。リヴァイもイーサンも、お父さんやお母さんとハグしたりキスしたりしてた。ローガンはわんわん泣きながら、ミズ・オキャラハンに連れられてバスに乗り込んだ。おれはキスもハグもなしでバスに乗った。バスのドアが閉まった。

「お父《ダッド》さん！　お母《マム》さん！　ティリー！　マデリン！」

ローガンがシートベルトをしたまま立ち上がって窓に張りついた。バスが動き出すと、窓の中から外から、みんないっせいに手を振った。おれは振らなかった。もうガキじゃないんだし。

＊

ホストファミリーの「オトウサン」の運転する車で家に着いて、「オカアサン」が部屋に案内してくれた。二段ベッドがあったので、「カズ」と「ユウ」と同じ部屋に寝るんだってわかった。オカーチャン（Ｍｕｍのことはオカアサンってたしかに習ったし、学校にあるテキストにもそう書いてあったけど、双子たちが呼ぶのを聞いてたら、どうしてもこっちにしか聞こえない）が床にフトンを広げてくれた。本物の「フトン」を見たのは、それが初めてだった。スターフィッシュ《ひとで》に似た模様がついていて、「Ｔｈｅフトン」！って感じがした。マットレスのないフトンベッドは知ってたけど、本物のフトンはベッドのフレームさえなくって、マットレスのかわりに、ものすごいぶあつい布と毛布が重ねられている。スリーピングバッグと同じ要領で、間にもぐって寝ればいいのはわかったけど、キャンプでもないのに床に寝るなんて、サバイバル・ゲームやっているみたいだなって思った。オカーチャンがフトンをセットし終わって、こっちを見た。「Thank you」をひっこめて、「アリガトウ」って初めて日本語を使ってみる。オカーチャンの小さい顔がまるで電球でもつけたみたいに、ぱあっと明るくなった。顔中が、嬉《うれ》しいっていっぱい言っていた。ばふっとフトンの上に寝転がってみる。ちょっとしょぼいけど、オカーチャンがおれのためだけに用意してくれたんだなーって、こっちもちょっと嬉しくなって、「Myフトン」に触って、その上でごろごろした。そのまま眠りそうになっていたところへ、双子が来た。口々になんか言っておれの腕を引っ張った。なにを言われてもわけがわからないので起き上がる。ナンがミヤモト・ファミリーに「小さなものだけど、感謝の気持ちを込めて渡しなさい」って言ってもたせてくれた、お土産のオリーブオイルをスーツケースから出した。州境にある遠くのワイナリーから、ナンが特別に取り寄せたやつ。人に贈り物をするときは、お金をけちっちゃいけないってナンはいつも言っている。オリーブオイルの小瓶を大切に抱えると、おれは双子の後について台所に行った。

ヤマナカ・センセイから教わってはいたけど、食事のときはスープにもチョップスティック《お箸》を使うってホントだった。食べ物の種類がいっぱいある。ひとりずつ、小さなボウルに入ったお米をもらって、マヨネーズがいっぱいかかったサラダもひとり分ずつ、ガラスの小さなお皿に入っている。大きめのお皿には、紙みたいに薄くてペラペラな肉があった。はじめからスライスされてあったので、肉食べるのにもナイフがいらなかった。でも、お肉を食べたって気がしなかった。キノコの入ったミソ・スープがあった。おれはあんまり好きじゃないけど、うちでは父さんがときどきスーパーマーケットで売ってるインスタントのミソ・スープを飲む。カップにお湯をいれたらできあがりのやつで、フォークでかき混ぜて、そのままコーヒーとか紅茶みたいにふつうに飲んでる。でも、ここではチョップスティックでかき混ぜて、キノコを食べながら飲むらしい。どれもチョップスティックを使って食べられた。食べ終わったら、テーブルの上が汚れたお皿だらけになった。日本の食事っておいしいけど、後片付けがめんどくさそうだ。

食べ終えた双子が大声で同時になにか言った。これ、なんか、聞いたことある。今回の参加者全員に配られた「ジャパン・トリップ・ジャーナル」の『よく使う日本語《ユースフル・ジャパニーズ》』に、ご飯のあとに言うありがとうの言葉が書いてあったのを思い出した。何回も練習させられた気がする。カズとユウはリビングで服を脱ぎだした。ふたりとも素っ裸になってフリチンで走り回って、バスルームに突入した。日本って、夜にシャワー浴びるんだ、しかも、双子って風呂《ふろ》まで一緒に入んのか、ってアゼンとしていたら、オトーチャン（たぶん、いや、ぜったいにオトウサンのことだと思う）も服を脱ぎながらバスルームに入っていった。親子で一緒に風呂!? あの年で？ うえぇ、日本って、子どもは親と一緒に風呂に入るんだ！ おれは、幼稚園のときでも父さんと一緒にお湯になんか浸《つ》かったことない。ていうか、ふつう、あり得ない。親の裸なんか見るだけでオエッってなる。親に裸見られるのも、想像しただけでゾーッとする。でも、これって『マイ・ネイバー・トトロ』のまんまじゃん。映画の中でお父さんと女の子たちが真っ裸で風呂に入ってた。日本語の授業で見たとき、ひぃぃーーーっ！ って、クラスの何人かはひきつっていた。ヤマナカ・センセイはハハハって笑ってたけど、映画が終わったあと、おれたちに親と一緒に風呂には入らないのかって、不思議そうな顔して聞いた。誰が入るかぁーーー！

しばらくすると、いままで聞いたことのない、ものすごいメロディーの歌が聞こえてきた。オカーチャンは双子たちが脱ぎ散らかした服をちゃんとたたんで、新しいバスタオルと下着を用意した。バスルームから大きな話し声と笑い声が何重にも聞こえてきた。それを聞いて、オカーチャンはニコニコしていた。

双子たちとオトーチャンがあがったあと、おれにも入れって感じで、オカーチャンが新しいバスタオルをくれた。それで、体洗うんなら朝の方が目が覚めていいんだけど、ま、いっか、って感じで入ってみた。足下のタイルがあったかくて裸足《はだし》でもぜんぜん平気だった。四角い箱みたいな深いバスタブがあって、お湯が残ったまま。髪の毛が一本浮いていた。まさかじゃないけど、他の三人が使ったお湯を使うのか？　こんなのウソだろ、汚いじゃん！　ドン引き！　もう、シャワーだけでいい！　でも、よく見たらお湯はきれいだしなんか大丈夫そうだった。髪の毛をつまんで取りだして、シャワーカーテンがないので、仕方がないのでそのまま、そおーっとつま先をつけて入った。アッツーーーーイ！　バスタブの外に飛び出たけど、お湯に浸かったところが寒くて震えてきたので、ガマンして入り直した。狭くて足が伸ばせないので、お尻《しり》を底につけて座ったら、目の前にボタンが何個か並んでいた。ディスプレイは「41℃」って光っている。試しにひとつ押してみる。いきなり、ぐおーんと音がして、バスタブの中の穴がじわーっとあったかくなった。みるみるお湯が増えて、肩までお湯が来たので、やばい、こりや溢《あふ》れるぞ、って立ち上がった。お湯が止まったので、こわごわ元通り座る。バスタブのお湯はしばらく入っていても、いつまでもあったかくて、ぜんぜん冷たくならなかった。

こんなバスタブがあったら、ナンが喜ぶだろうな。おれんちのは、すぐに冷たくなる。これだったらボタンひとつで、好きなときに好きな温度のお風呂に入れる。ナンにはすごくいいと思う。ナンはリウマチがだんだん悪くなって、右手の指も曲がってるし、このごろは膝《ひざ》をすごく痛がっている。あんまり痛いときはバスタブであったためると調子が良くなるらしい。でも、水とお湯の蛇口をひねるのが、ナンにはこのごろできなくなってきていて、おれがやってあげなきゃいけない。しかもナンときたら、おれがせっかくいい湯加減にしてあげているのに、ガス代をけちってお湯を減らすんだよな。だから、いつも水みたいなお湯でガマンしてる。タンクのお湯が足りないときは、あきらめて電気毛布にくるまって寝ている。朝起きたらすぐに温かいシャワーで体をきれいにして、ちゃんと目を覚まして、身ぎれいにしてから学校に行けって、ナンはおれには毎朝一番にお湯を使わせてくれるのに。

壁には鏡がついている。ママゴト遊びみたいなちいさなテーブルと椅子までついていて、そこに石けんとかシャンプーにまぎれて歯ブラシが置いてあった。なんでここに歯ブラシ？　って手に取ったとき、ディスプレイが光って喋り出したので、ぎょっとなった。

パジャマに着替えてフトンで寝ようとしたら、双子たちがケンカを始めた。あー、うるさい、ってフトンのなかで眠い目をこすっていたら、いつのまにかおれは二段ベッドの下の段にひきずりこまれた。すると、カズだかユウだかが下の段に押し入ってきた。そして、おれの腕を引っ張って、上を指さした。今度はハシゴをのぼって上の段に行った。天井が頭のすぐ上にあった。星の形のシールがいっぱい貼ってあった。これ、知ってる。クリーム色の蛍光色で、暗いところで光るやつだ。ダーシーんちに泊まりに行ったとき、確か、あいつの部屋にも貼ってあった。シールに手を伸ばそうとしたら、下の段に取り残されていた片割れがハシゴをのぼってきて（どうやら、こっちがユウのほうだと思う。さっき、夕食のときも泣かされていたし、このときもケンカするまえからメソメソやってた）、片手をすばやく出すと、カズのほっぺたを思いっきりつねった。カズがハシゴの先からでていたユウの頭を足で蹴《け》飛ばして、ユウがMyフトンに落ちた。すごい音がした。家がぶっこわれたかと思った。オカーチャンが飛んできた。

オカーチャンが出て行ったあと、電気が消えた。天井の星のシールが暗闇の中でぼおっと光り始めた。フトンに挟まって目を閉じた。フトンは羽根みたいに軽くってふかふかで、すぐに眠くなった。カズかユウのどっちかがフトンにもぐりこんできた。反対側にも気配がして、ショーン、ショーン、っておれのあちこちを触ってくる。それで目が覚めてしまって、あー、うざいってまた思ったけど、双子のサンドイッチもなかなかいいなと思った。とにかく、あったかい。バスルームもそうだけど、外はあんなに寒かったのに、ここんち、どこにいても、あったかい。双子がなんか喋って、ケラケラ笑っている。ふたりは声までそっくりで、笑い方もシンクロしていたので、なに言ってんのかわからなかったけど、おれもつられて笑った。目が慣れてくると、みんな同じ方向を向いて横になっているのが見えた。三人でカヌーを漕《こ》いでいるみたいだった。枕の下にさらさらと星の河が流れて、カーテンごしに月が銀色に光って、瞼《まぶた》が重くなった。

次の朝目が覚めたら、フトンのカヌーは見事に壊れていた。爆弾で吹っ飛ばされたみたいに、三人バラバラで床に転がって寝ていた。体のあちこちが痛くて、足の先が冷たくなっていた。オカーチャンが来て、双子たちをすごい剣幕で叱りつけていた。そのうち、オトーチャンがやって来て、おれたちを見るなり、手に持っていた新聞を丸めると、

「カズ!」

「ユウ!」

「ショーン!」

順番におれたちの頭を叩《たた》いた。「ポカッ!」「パコッ!」「ポコン!」。大きな音はしたけど、紙だから全然痛くない。カズもユウも朝から頭を叩かれて大喜びで、子犬みたいに鼻水とよだれを垂らしてオトーチャンにまとわりついていた。こいつら、こんなことで大喜びするなんて、やっぱまだまだガキだなー、って思ったけど、カズとユウがめち

ゃめちゃ嬉しそうにオトーチャンにまとわりついて、オトーチャンが大笑いしながら双子たちのあちこちをポカポカ新聞のバットで叩いているのを見ていると、おれだけ取り残されているみたいで悲しくなってきた。いつもだったら、こんなのつきあってられんわ、って思うのに。クラスのみんなからも、おれは「パーティーぶち壊しなヤツ《パーティープーパー》」って呼ばれている。ショーンはクールすぎる、ノリが悪い、ボルテージ低すぎ、って文句を言われることもある。あいつらこそ、よくあんなふうにみんながいるところで、バカ笑いしたり大泣きしたりするよな、ハズカシイだろー、って思う。おれは、ハズカシイやつに見えるのは絶対イヤだ。でもこのときばかりは、カズとユウがあんまり嬉しそうで、オカーチャンまで涙を流して笑っているのを目の前で見ていると、こっちまでテンションが上がってきた。で、思い切って、おれも、カズとユウの真似して、オトーチャンの腕につかまろうとして、ドッカーン！　って、タタミ・マットの上にすごいしりもちをついてしまった。双子たちはショーン！　ショーン！　って飛び跳ねて大笑いしてたし、オトーチャンもオカーチャンも大爆笑。おれはなんでもないフリしてた。朝から大騒ぎだったおかげで、シャワーなしでも、ちゃんと目が覚めた。

朝食に、フトンみたいなぶあついトーストを食べさせてもらった。ナンのベーコン・エッグが食べたいなってちょっと思ったけど、フトン・トーストだけでお腹がいっぱいになってしまった。トーストはねちねちしていて、前歯の形がはっきり残った。トーストなのに、なんか、米の味がした。あったためたミルクがおいしかった。

家を出る前、カバンを背負った双子たちが靴を脱ぐ場所のすぐそばの部屋に入っていった。薄緑色の壁にかこまれたタタミ・マットの部屋。大きな木の箱みたいなのがあった。木の箱の中には、白と黄色の花が飾ってある。母の日にプレゼントするやつだ。この花、日本にもあるんだ？　ふうん、日本では、こうやって二つに分けて飾るんだ？上の棚には、長細いものが何個か立ててある。双子のひとりが小さな棒で金色のボウルみたいなのを叩いた。リーン、って音がした。すると、その棒をもうひとりが取り上げて、叩いた。チーン！　さっきよりもずっと大きな音がした。ちょっと形はちがうけど、これと似た音の鈴、いつもナンと一緒にいく教会にもある。神父さんがパンとワインを配るときに鳴らすやつ。小さい頃、なんで鈴を鳴らすのかナンにきいたら、「神様はねぼすけだから、ああやって起こすんだよ」って言ってた。いつのまにか双子たちが、棒を取り合って、タタミ・マットの上でケンカをはじめた。壁には、キモノを着たおじいさんやおばあさんの写真がずらっと飾ってあった。すっげえ古そうな写真。ぜんぶ白黒。一番新しそうな写真のおばあさんは、なんとなく双子たちに似ていた。へえ、家族の写真、日本ではこんなふうに飾るんだ……、でも、オトーチャンやオカーチャン、カズとユウの写真はない。ん？　これ、ぜんぶ死んだ人の写真？　リーン！　チーン！　リン！　チン！　リンリーン！　双子のどちらかが棒を摑《つか》むたび、思いっきり金色のボウルに叩きつけて、大きな音が鳴った。双子たちが大声を上げる。おれはビクッとなって、双子たちの前の、大きな木の箱をもういちど見た。ふたつの花瓶のあいだには、なぜか大きなリンゴとミカンも飾ってある。壁の写真がおれを見下ろしている。カズとユウ、一体誰起こしてんだよ……。オカーチャンがやってきて、双子を叱りつけたあと、木の箱のなかにある蠟燭《ろうそく》の形をした電灯をつけた。三人で、木の箱の前で手を合わせた。おいおい、ちょっと待ってくれよ……、まさかとは思うけど、これって、もしかして、墓⁉ おれはあわてて部屋を出た。

カズとユウに挟まれて駅まで歩いた。ふたりがぺちゃくちゃおれに話しかけてくる。おれの胸につるしたIDカードを指さして、そこに書かれた日本語をふたり揃って読み上げた。

カズもユウも大爆笑している。My～go、My～go、My～go、っておれを指さして涙を流して笑っている。マイ・ゴーってなんだろう？ 双子のひとりがお腹をよじって笑うと、背中に背負っていた革のリュックサックのような鞄《かばん》の蓋《ふた》が開いて、ノートとか水筒とかの中身が道路にぜんぶ落ちた。たぶん、こっちがカズ。ケンカの強い方。でも、ちょっとばかしおっちょこちょいかもしれない。カズはちょっとのあいだ呆然《ぼうぜん》と突っ立っていたけど、ユウはしゃがんで散らばったノートとか鉛筆とかを拾い始めた。

ユウはメソメソしたところがあるけど、けっこうしっかりしているのかもしれない。

駅に着いてプラットホームで電車を待っていたら、壁に路線図が貼ってあった。ひらがなとかカタカナなら習ったから少しは読めるけど、ほとんど漢字ばっかりだった。日本語しか書いていない。ホントに日本って日本語の国なんだ！　すげえ！　ユウもカズもあんな難しい漢字よめるんだ！　マジ感動！　漢字の下には小さなアルファベットが並んでいた。「Ｋｙｏｔｏ」。

「コレハ、キョート、デス」

指さして、口に出して言ってみた。ローランド・ベイでは三年生から日本語を習うから、これくらい言える。ユウがでっかい目をして、ショーン！　おおおーーー！　キョート！　ベリーグッド！　って大騒ぎした。ショーン、イエーイ！　ってカズも飛び跳ねた。それから、ふたりが英語を使い始めた。

「マイ・ネーム・イズ・カズキ」

「マイ・ネーム・イズ・ユウキ」

おれたちが学校で日本語習っているみたいに、カズとユウも学校で英語を習ってるんだ。おれの日本語も、「I am Shaun」じゃなくて「My name is Shaun」みたいに、カズとユウにはこんな感じに聞こえてるんだろうな。ぽろぽろしている、赤ちゃんみたいな、大人みたいな言葉。こういうのって、わかりたいと思わないと、わからないもんだな。そのうち、本当に言いたいことは知らない言葉に連れて行かれて、どこに行ったのかわかんなくなる。これって、タマネギの皮みたいだ。料理を手伝っていて、タマネギを剥《む》いてってナンに頼まれると、どこまで皮を剥いていいのか、おれはいつもわからなくなる。こういう言葉を使っていると、いつまでも言いたいことにたどり着けないっていうか。

ユウはもう大声出すのをやめて、カズだって、さっきまで飛び跳ねてたのに、黙りこんでしまった。「キョート」、それがどうした、それで何？　って顔で、ふたり揃っておれのほうを見上げている。「これは、キョートです」、そのつづき、がこのふたりは聞きたいんだよな。ショーン、これはキョートです、はわかったけど、それがどうしたの、って顔してる。だよな、おれだって、カズとユウに「コレハ、オーストラリア、デス」って英語で言われても、オーストラリアがどうした、だから何？　って、たぶん思う。「オーストラリア」、そのつづき、がたぶん、ふたりが本当に言いたいことなんだろうな。でも、やっぱ、聞けない、言えない。小さい頃の言葉なんか、もう忘れてしまった。

電車が来て、双子たちと一緒に乗り込む。ホームに見送りの人なんていない。電車のドアが閉まると、電車から降りた人の背中が魚の鱗《うろこ》みたいに並んでた。だれもこっち見ていない。ナンはやっぱり、おれが日本に行くこと怒ってたんだ、だから、出発のときも見送ってくれなかったんだ。おれはナンの買ってくれたナイキの靴を見た。ナンは身だしなみにすごくうるさい。シャツにはいつもアイロンをかけてくれるし、休みの日、パジャマのままでうろついたりすると額に皺《しわ》をよせて怒る。膝が出たズボンなんか論外。このごろ服があっというまに小さくなるし、靴下もすぐに穴が開くので、ナンはしょっちゅう買い替えてくれる。でも、ナンにはお金をあんまり使わせたくない。いまは年をとって、もう働いていなくて、国からお金をもらっているけど、たくさんじゃない。父さんからもお金をもらっているみたいだけど、ほとんど使わないで、「おまえのために取ってあるよ」って言う。おれが大きくなって、かわいいお嫁さんをもらうまで、絶対に死ねないって笑いながら。このナイキは高かったので、ナンは『ゴールドコイン貯金』を使ってくれた。ナンは財布の小銭入れに金色のコインを見つけるたびに、チョコレートの空き箱に入れる。半年とか一年とかすると、ちょっとした額になるので、いざというときとか、ちょっと高い買い物するときとかに使う。友だちはみんな、おじいちゃんとかおばあちゃんからもらったこづかいを平気で使うけど、おれはああいうの、できない。はやく、バイトできる年になって、自分のお金で自分のものは買いたい。それで、もっと大人になって働いたら、ぜったい、ナンになにか買ってやるんだ。

窓の外の家や建物がすごい勢いで流れはじめた。ナン、いまごろどうしてる？ 父さんはまだLAのフライトから帰ってきてないだろうな。ひとりきりで、家にいる？ 火曜日の夜、ビンゴに行くまでだれも喋る人いないんだろうな。

この電車、このままローランド・ベイに行かねえかな。

＊

朝、双子とオーストラリアから来たショーンの三人を送り出すと、茉莉は台所を片付け、いつものようにあわただしく身支度を整えて愛用のキルティングのジャンパーをひっかけるなり自転車に飛び乗った。夫の雅明が一足先に出勤していった店は、自宅から約八百メートル離れたところにある。今年の正月は元日から店を開けた。正月三が日は親族の集まりなどの手土産に、「あんこもち」や、雅明と職人で創作した「雪見うさぎ大福」を求める買い物客でごったがえした。そして今、一年で一番売り上げの低い二月が迫り、店先には閑古鳥が鳴き始めた。

「なあ、今日は店、はよ閉めへんか？」

茉莉の顔を見ると、妻のとなりに並びながら雅明が言った。なんでやのん、と茉莉は夫の顔を見ずに返事する。今夜、学校でホストファミリー集めて、たこ焼きパーティーする言うてたやないか、カズもユウも行きたがってたやろ、と接客用の笑顔と大差ない人懐っこい顔が茉莉の目の前にあった。そうしたいのは山々だが、早じまいしたら、わずかとはいえ、売り上げに響くのではないかと茉莉は不安になった。とはいえ、今朝も、あんなふだんと同じ調子でショーンを送り出してしまったことを茉莉は後悔していた。共働きで、家の外でも中でもいつもせわしなくて、朝ご飯にホットミルクとトーストしか出せなかった。他のホストから聞いたところによると、オーストラリアから来た子どもにあわせて特別の食事や外出の計画を立てているところがほとんどであった。この週末は梅田《うめだ》の観覧車に乗せて、そのあとはショッピングに連れ出すホストファミリーもいれば、ホテルの和食バイキングを予約したという家族、水上バスで大阪城周辺をひとめぐりして海遊館《かいゆうかん》に連れていく予定を立てた知り合いもいた。泊まりがけでUSJに遊びに連れて行こうとする友人もいた。どのホストファミリーも、この三日間は外国のゲストを中心に動いているのだ。なのに、うちときたら！　茉莉は「創業明治二十三年　銀《ぎん》杏堂《なんどう》」と胸に刺繍《ししゅう》の入ったエプロンをつけながらため息をついた。子どもたちを週末にどこかへ遊びに連れて行ってやりたくても、客商売がカレンダー通りに休めるはずがない。

「なんやねん、ため息なんかついて」

雅明が白い帽子をかぶり直しながら言う。なんや、ショーン君がかわいそうで、うちみたいなところなんか。ほかのホストやったら、あの子、もっといろいろ遊びに連れて行ってもらえたんとちがう？

「まりちゃんらしないで、うちみたいなところなんか、とか言うたらあかん」

そやかて、と茉莉が言いかけると、雅明は茉莉の額をちょんと人差し指で突《つつ》いた。そのまま茉莉の口角を両方の人差し指で持ち上げ、自分と同じような笑い顔を妻の顔に貼り付けて店の奥に入っていった。開店前の夫とのやりとりはたったこれだけのことだったが、茉莉の気持ちは晴れ晴れとしてきた。彼女は店頭に出ていくと、おはようございます、とアルバイトの女の子に挨拶《あいさつ》した。おはようございます、本日もよろしくお願いいたします。弾んだ声が跳ね返ってきた。若い女の結った髪の生え際は乳白色に澄み、健やかだった。ガラス戸から差し込んだ冬の光は控えめながらも思わず目を閉じてしまうほど眩《まぶ》しく、清潔な店内は静けさと輝きに満ちていた。ショーケースの照明をつけると、眠っていた品物が商品らしくポーズを取った。

夫の雅明は兄の学生時代の友人で、しょっちゅう実家に遊びにきていた。兄が大学の登山サークルで知り合ったというこの友人は、見るからに人懐っこくて、弾む毬《まり》のように機嫌が良く、山男らしく雪焼けした肌に真っ白な歯を見せ、よく通る声で笑った。雅明が夕餉《ゆうげ》に加わることもしばしばだった。みやもっちゃん、もっちゃん、と気難しい父親までが兄の真似をして彼をそう呼び、笑顔を見せた。やがて、この自分目当てにやってきているのだと兄から聞かされたのは、短大を卒業したころだった。兄に言付けなんかしないで、自分で言えばいいのに、と茉莉ははじめ雅明の臆病《おくびょう》さが少々不満だったが、いざつきあってみると、表裏のない、気持ちの優しい男であった。その優しさゆえ、臆病になったり決断をためらうような一面も窺《うかが》え、歯がゆい思いをさせられることもある。しかし、彼の人好きのする明るさは、なにかと悲観的な考えに傾く茉莉の一歩先の未来をつねに照らし続けてくれるようだった。この十年、茉莉を襲ったたいていの辛苦は、雅明の朗らかさに救われて、笑い飛ばすことができた。

そのようにしてこの朝も主婦モードから店員モードにすばやく切り替えながら、昨夜、彼女の家に到着した異国の子どものことを思った。不思議なことに、学校でショーンを出迎え、彼を双子たちの間に押し込めるようにして車で自宅に向かったときから、オーストラリアからもうひとりの息子がやってきた、そのような気持ちが茉莉の胸にふつふつと湧き上がってきた。本来の意味でのコミュニケーションに直《じか》に子どもたちに触れさせるため、翻訳アプリなどはなるべく使わないようにと綾青からは指示が出ていたので、今朝も雅明が仕事のメールをチェックした後は、iPadを開いていない。なにより、本人を目の前にした今は、そういうものは必要がない気がするのだ。表情やしぐさでわかることは、限りなくある。今朝はトーストを食べたあと、ショーンが「ゴチソウサマ」と言った。ごくさりげない様子だったが、異国の一言を口から発するのに一大決心が必要だったことが、紅潮した彼の頰と恥ずかしそうに伏せた目から窺い知ることができた。ショーンはそのあと、口のまわりにミルクの白いヒゲをつけたまま、少年らしい狭い肩につづく細い首を傾げ、こちらを窺っていた。その様子がなんとも男の子らしく、かわいらしく、茉莉には映った。こうなるとますます、遠い外国から来た見ず知らずの子ども、という感じがしない。髪の毛も目も黒っぽいからだろうか。双子たちが洗面所でハミガキをしながらケンカしはじめたのをよそに、ショーンは茉莉がひとりでキッチンカウンターに立ったままトーストをかじっているのを認めると、自分が座っていた椅子を茉莉のそばにひきよせて、目で彼女に座るようにうながした。ホットミルクの残りをゆっくり飲み、茉莉が食べ終えたのを見計らって、洗面所で身支度を始めた。見ず知らずの年上の人間に対して、そんな心遣いのできる彼に感心すると同時に、さぞ丁寧に育てられた子どもにちがいない、と想像を巡らせもした。

その日は夕刻になると、店頭に息子たちとショーンが現れた。

「蓮《れん》のお母さんが、たこ焼きパーティー連れて行ってくれるって」

台所の戸棚から持ち出したであろう、たこ焼きプレートを一樹は抱えていた。祐樹は片手に束ねた電源コードを持っている。え、蓮くんのお母さんが？　と茉莉は聞いてギクリとなった。今回のホストファミリーのまとめ役で、説明会から申込用紙の書き方、緊急の連絡網にいたるまで、各家庭に細かい指示を出している人物である。そのような人物に、共働きの宮本家はパーティーにも参加せず、預かっている子どもを放《ほ》ったらかしにしてホストファミリー失格と思われるのが茉莉にはつらかった。

「奥さん、もうあとはうちらに任せて、大将と一緒に行ってきはったら？　せっかくこんなイケメンが来てはんのに」

パートの中年女性のひとりが出てきて、何気なくショーンの頭を撫《な》でた。そうねえ、どうかしらねえ、と茉莉が思案していると、次々に現れた女性たちはたちまちショーンを囲んで、ボク、かっこええな、名前なんていうのん、ごめん、英語で聞かなあかんな、おばちゃん、英語しゃべれんねんで、アナタノぉー・オナマエハぁー・ナンデスカぁー？　オーストラリアから来たんやて？　オージー・ビーフ、ベリーグッドやで、おばちゃんもときどき食べてんねん、などと話しかけている。ショーンはきょとんと彼女たちを見上げたが、コンニチハ、と日本語で挨拶をした。店内に歓声と拍手が上がる。いやぁー、まぁー、かしこい！　聞いた？　この子、日本語じょうずやわぁ！　もっとなんか言うてちょうだい！　あ、そや、おまんじゅう食べる？　おまんじゅうやったら、ここ、いっぱいあるねんで、ここまんじゅう屋や。アハハハ。

「ショーン、お父ちゃんのおまんじゅう、食べよ！」

カズがショーンの手を引いて、店の奥に入っていった。ユウもそのあとに続いた。奥さん、ほんま、かいらしぃ子ぉやん、ごちゃごちゃ言うてんと、ここは任せて、たこ焼きでも明石《あかし》焼きでも回転焼きでも、はよ食べさせてやって、とパート女性たちは円陣になったまま、子どもたちがくぐっていった暖簾《のれん》から目を離せないでいる。じゃあ、お言葉に甘えて、お店、お願いします、戸締まり、しっかり頼みます、と茉莉は声をかけながらエプロンを外した。はぁーい、と熟女たちの返事があがった。

どうやら、私を含めて、ショーンは筋金入りのおばちゃんキラーらしいわね、と苦笑しながら、茉莉は雅明を呼びに店の奥に入っていった。

＊

めずらしく車酔いしかけた。「タコヤキ・パーティー」に行く前に食べた「オマンジュー」がすごくて、もう泣きそうになった。まわりは白いスポンジケーキみたいなんだけど、中に黒いかたまりが入ってて、それが、もう、スゲー。泥に砂糖まぜたみたいだった。まずい、なんてもんじゃない。吐きそうになった。カズは何個もパクパク食べて、オトーチャンに怒られていた。

学校に着いて、ホールに行く。昼間、こっちの学校の五、六年生とバスケやったところ。ジュンヤっていうやつと日本語でちょっと喋った。座っているときでも、背中に鉄の棒でも入れたみたいに姿勢がまっすぐで、超マジメそうなやつ。そのあと、英語の授業があった。ミス・ウォーターハウスって呼ばれているカナダ人の先生がいた。おれたちの日本語よりも、綾青の子の英語の方がはるかにうまい。そのクラスではずっと英語。みんなおれたちに英語で話しかけてくれるのは嬉しいんだけど、おれたちの話し方と全然違って調子がくるう。それに「オーストラリア人向け」の質問ばっか。たぶん、みんな、ずいぶん前からこの質問練習していたんだと思う。「オーストラリア人はバーベキューをするのが好きですか？」。確かにほとんどの家がバーベキュー・グリル持っているし、学校でもなんかあったらすぐBBQするけどさ、おれんちはめったにしねえな。あんなの、ナンとふたりでやったって食べきれないし。そういえば、ジャクソンちでもやんないな、あそこはベジタリアンだし。オーストラリア人みんながやってるのかって聞かれたら、ちょっとなー。でも、そんなこと説明できないので、とりあえずYesと答えておく。「ティムタム、知ってますか？」。去年、ローランド・ベイに来た子たちは、あのチョコレート・ビスケットを山ほどお土産に買って帰ったって聞いてる。スーパー・マーケットで必ず売ってるし、もちろん、知ってる。Yes。「オーストラリアではラグビーは人気ありますか？」。あれって他の州では人気あるらしいけど、おれたちのところではほとんど見かけない。おれはやらねえし、するやつもしらねえし、見たこともねえし。やるなら、フットボールとかクリケットだ。女子ならネットボールとか。テニスとかバスケだったら男子も女子もやるよな。おれはテニスも水泳もマウンテン・バイクもバスケもやるんで、「好きなスポーツは？」って聞いてくれたら、いくらでも答えられるんだけどな。仕方ないので苦し紛れに、「オージー・フットボール知ってる？」っておれが聞き返すと、綾青の子たちはみんな口を揃えて「Ｎｏ」。説明してあげようかなと思ったけど、オージー・フットボールがどんなスポーツなのか、興味もなさそうだし、知りたそうな顔もしてないし。なんか、ＹｅｓかＮｏで終わってしまう質問ばっかりで、話が続かない。おれたちだって、あらかじめ用意してきた質問をいろいろしてみたけど、「ゴカゾクハ？」とか、「スキナ、タベモノハ、ナンデスカ？」とか、極めつきが「ナンサイ、デスカ？」（もう知ってる、つーの！）、そんなのばっかり。あぁー、もう、ヤなんだよ、こういうベビートークみたいなの。日本人のための、それも子ども向けの、おいおい、いまさらそんなこと訊《き》くかぁー!?　みたいな幼稚な質問ばっか。おれたちだって本当に訊きたいこと訊いてるわけじゃない。本当に何か知りたくて質問しているわけじゃない。綾青の子たちも、おれたちのこういう死ぬほどつまんない質問にいちいち答えるの、マジうんざりしたと思う。おれたちだって、あの子たちの「ゲスト向け」の質問にちょっとうんざりした。おれたち、日本ってすげえ古い国だけど、超ハイテクがいっぱいな国だって知ってるし、お尻洗ってくれるバカバカしいトイレだってもちろん知ってる（ミヤモト・ファミリーの家にもある。冬なので便座があったかいのはいいけど、お尻まで洗うなんて、おれは絶対ゴメンだ）。ショッピングセンターのフードコートで、スシだってドンブリだってテリヤキチキンだってラーメンだってフツーに食べられるし、メイド・イン・ジャパンのモノがなんでも二ドル八十セントで買える店もあるし、べつに、そういうの珍しくないし、どうでもいいし。それよりも、こっちの子っていつもなにして遊んでるのかとか、放課後なにしてんのかとか、学校で流行《はや》ってることとか、本当はそういうこと、訊いてみたいし、訊いてほしいし、できたら一緒にやってみたい。

　授業のあと綾青の子たちと一緒に並んでスクール・ランチも食べた。あったかいヌードル、スープ、野菜のサラダ、リンゴヨーグルト、それから紙パックのミルクがついていた。昼間っから、食器使って、あったかいティー《夕食》みたいなもの食べた。こんなにいろいろと違ったもの、毎日学校で食べられるんだ？　家からランチを持って行かなくってもいいんだ？　おれは、ランチにはいつも、その日冷蔵庫にあるものでチキン・ラップかサンドイッチを自分で作って持って行く。ラップにもサンドイッチにも野菜をたっぷりいれないと、ナンに「丈夫になれないよ」って怒られる。リセス《休み時間》に食べるスナックにはリンゴかクラッカー。それでも腹減ったら、カンティーン《売店》でミート・パイとかを自分のこづかいで買うことにしている。イーサンもニックもすげえ、うめえ、って言いながら黙々と食べていた。リヴァイは固まってた。青くなってた。あいつ、ファッシーで有名で、ランチにはいつも、チーズだけのサンドイッチしか食べない。チキンナゲットがほぼ主食。自称「米、魚、野菜アレルギー」。キャベツやニンジンの入ったヌードルなんて、あいつには毒と同じかもしれない。ジュンヤはリヴァイがなんにも食べないのに気がついて、おれに「彼、ナニカ問題でも？」って英語で聞いてきた。いや、あいつ、好き嫌いすげえ激しいんだわ、こんなの無理無理、って英語で答えた。ジュンヤにはおれの言ってること伝わらなかったみたいで、彼、ナニカ問題でも？ってまたさっきと同じ調子で同じこと聞くので、なんかめんどい。ま、なんでもいいや、って感じで、でも、リヴァイのことじっと見てマジ心配そうな顔してたもんで、こいつ、なんかいいやつー、ってじんわり胸のとこがあったかくなって、ああ、OKだよ、と答えておいた。ランチの係の子が来て、リヴァイがぜんぜん食べてないのをじーっと見た。他の子もジロジロリヴァイのことを見てた。あんなふうに見られると、すげえプレッシャーだわ。好きとか嫌いとか、とても言えない雰囲気。おれたちは自分でランチ持ってくるけど、わざわざ自分の嫌いなものランチ・ボックスに詰めてくるやつなんていないし、たまに持ち寄りのパーティーやるときなんかでも、嫌いなものは嫌いって言えばいいし、残してもぜんぜんかまわない。でも、この雰囲気だと、どうやらそういうのはここでは許されないらしい。みんなと同じものをみんなと一緒に、決まった席で決まった時間に食べなきゃならない。そういえば、授業が始まるときも、ベルが鳴るとみんながいっせいに立ち上がって先生にお辞儀してた。ローガンが「アーミー《軍隊》みたいだ！」ってビビってた。リヴァイを見ると、あいつ、もう半泣きになってた。リヴァイがカワイソーになった。いつもだったら、おれはこんなの絶対食べないってはっきり言うのに。ところで、日本の子って、好き嫌いねえのか？　それとも、この学校のルールとか？　残したら校長室に呼ばれるとか？

ランチのあとは、生徒たちが教室の掃除をしはじめた。何してるんだよ、ウソだろ、これって掃除のおじさんの仕事じゃん！　ここ、こんなにゴージャスなランチ食べさせてくれるのに、掃除のおじさんいないのかよ!?　みんなはそれぞれ手分けして、机を全部、教室の一番後ろに下げて、ホウキで床を掃き始めた。リヴァイの机も、ランチのトレイを載せたまま当番の子が後ろに持って行ったので、リヴァイはホコリのたっている教室でベソかきながらヌードルを口にかき込んでいた。リヴァイ、めちゃくちゃカワイソー。リヴァイが食べ終わるのを待っているあいだ、ふと窓の外を見ると、校庭でローガンが綾青の女の子たちに囲まれていた。バスケでニックがかっこよくシュートを決めても、拍手程度だったのに、ローガンがボール持っただけで、「ローガン！　キャー！」ってすごかった。アイドルか、つーの。またこっちの女の子たちも英語であいつにいろいろ話しかけるから、ローガンのやつ、もうぜんぜん、日本語喋る気なんかない。全校集会のとき、おれたちは練習してきた通りに日本語で自己紹介したのに、あいつだけ英語で、「Hi, I'm Loagan. From Australia《ぼくローガン。オーストラリアから来たよ》」。

それで、さっきランチのあと、あいつが「ゴチソウサマ」って初めて日本語で言ったとき（これって、来る前にヤマナカ・センセイに練習させられたんだったった）、クラス中の女子がキャー！　ローガン！　ワンダフル！　ってまた騒いでた。彼女たちに向かってウィンクなんかしてた。とにかく、ちやほやされて、かなり調子のってる。いつもだったら、女子になんか、絶対相手にされないあいつがなんで？　キーラに言わせると、あの子、ジャスティン・ビーバーに似てなくもないし、超お子様でグッドルッキングっていうの、デイリーにつきあうのはともかく、おだてていじるのにはちょうどいいんじゃないの？　ま、ローガン坊やには百年に一回あるかないかのおめでたい機会なんだから、温かく見守ってあげましょー、ってことだった。優等生って、どこまでもかなわね。

オトーチャンの運転する車で学校に着いて、パーティーのあるホールに入ると、まんなかの大きいテーブルに、いろんな食べ物が集められていた。小麦粉とか、卵とか、肉、キャベツ、チーズ、その他、見たことない食べ物もいっぱいあった。リヴァイが悲鳴をあげた。ハハハ、リヴァイ、観念しろ！　ってヤマナカ・センセイは笑っていたけど、なにがハハハだ！　赤紫の、キモイ丸いプップツがいっぱいついてる、宇宙人の足みたいなのがある！

ファミリーごと、それぞれのテーブルでは、大人たちがカズの持ってきていた穴のいっぱい開いたバーベキュー・グリルと同じようなやつに、パンケーキの生地に似たどろどろしたものを流し込んで焼いていた。そこに、小さく刻んだ、あのキモイプツプツがついたままのやつを入れて、針の先みたいなのでひっくりかえして、ちいさなボールにする。リヴァイはニオイだけでもゲロ吐きそうなのに、それを見たらもう気絶しそうになって、ホールの隅で縮こまっていた。リヴァイのホストファミリーがヤマナカ・センセイと話しこんでいるのが見えた。内容は聞かなくてもわかる。

それにしても「タコヤキ」って「オコノミヤキ」と同じようなにおいがする。「オコノミヤキ」なら、ショッピングセンターのフードコートに売っているやつを食べたことがある。父さんが買ってきてくれたんだけど、めちゃくちゃおいしくて、日本のものが嫌いなナンまで喜んで食べていた。おれたちのテーブルでも、オトーチャンとオカーチャンが鉄板を出して準備していた。カズとユウはほかの子どもと遊んでいたので、おれは「タコヤキ」にビビっていたリヴァイのところに行った。おれの顔を見るなり、「おれ、もう帰りたい！　マッカーズ《マクドナルド》のビッグマックにフライが食いてぇ！」ってリヴァイはわめいた。やっぱ相手してられんわ、とテーブルに戻りかけたら、ひとりで取り残されるのが嫌だったらしく、おれのあとからついてきた。

テーブルに行くと、オトーチャンがおれのとなりにくっついていたリヴァイにニッと笑いかけた。リヴァイが「タコ」の小さなキューブを見て、震え上がる。オカーチャンが、チーズを指さした。チーズなら、リヴァイは食べられる。リヴァイが頭を小さく縦に振った。オトーチャンとオカーチャンがリヴァイのために一所懸命「タコ」のかわりにチーズが入ったタコヤキを作ってくれるのを、リヴァイとオレは眺める。途中からふたりを手伝う。おれはなんとなく「タコ」を食べないと、あんなにがんばってくれているオトーチャンとオカーチャンと、それからカズとユウにもなんか悪いなって思ったので、自分の分に「タコ」を入れる。で、あのキモイプップッに触ってしまった！ ヌルってしてた！ ひぃぃぃぃ〜、やっぱ、チーズにしときゃよかった！ 針の先みたいなので生地をくるっと回して、きれいなボールにするのがすごくおもしろかった。なんだかだんだん楽しくなって、おれとリヴァイはいつのまにか夢中になっていた。オトーチャンがリヴァイの後ろから、オカーチャンがおれの後ろから手をまわして、きれいなボールになるように手伝ってくれた。オカーチャンの手がおれの手首をやさしく掴む。むかし、こんなやさしい手に手を引かれた気がする。カズとユウも友だちを連れて戻ってきて、みんなで身振り手振りを使っておれたちを応援してくれた。ジョジーナとハイリー、ユイカもやってきた。

「リヴァイ！ ベリーグッド！」

「ショーン！ ウマイッ！」

おれはタコヤキ・ボール、リヴァイはチーズ・ボールを皿に載せる。オトーチャンに茶色いソースとマヨネーズと緑色の粉みたいなシーズニングもかけてもらう。最後に載せてもらったのが、湯気でヒラヒラ踊っていた。グロい。おがくずみたいなやつで、魚くさいにおいがムッと湯気と一緒にあがってきて、一瞬、オエッ、ってなった。息をとめて、トゥースピック《つまようじ》で刺して、ぱくっと一気に口に入れた。ユウが心配そうな顔で見つめている。「オマンジュー」を食べて吐きそうになっていたのを知っているから。「タコ」って味のないグミみたいなもんか。このソース、オコノミヤキと同じ味だ。なーんだ、いけるじゃん！

「YUM《おいしい》！」

オコノミヤキとほとんど味、かわんね。これだったら、絶対、ナンも気に入るはずだ。ああ、いま、ここにナンがいたらなぁ！　いくらでも食べさせてやるのにな！　ナン、いまごろひとりでどうしてるかな……！　もうちょっとでハズカシイやつになりそうだったから、うつむいて食べた。食べ終わって顔をあげたら、いきなり、ミズ・オキャラハンにデジカメで写真を撮られた。リヴァイはじっと立っているだけでまだ食べてない。チーズだけだって、ほっとしてただろうに、あとから茶色いソースと緑色のシーズニングをかけられて、極めつきにあのヒラヒラがついてきて、リヴァイにしたら結局キモイ食べ物になった。プア《カワイソーな》・リヴァイ・ドナヒュー！

「どうしたの、食べないの？　自分で作ったんでしょ？」

ミズ・オキャラハンにそう言われて、リヴァイはピンチだ。

「リヴァイ」

おれはリヴァイを見た。おれだけじゃなくて、カズも見てる。ユウも見てる。オトーチャンもオカーチャンも見てる。リヴァイのホストファミリーも見てる。ヤマナカ・センセイも見てる。ジョジーナ、ユイカ、それからハイリーも見てる。ジョジーナとユイカはともかく、あの子の前では、ちょっとなーー、なあ、リヴァイ？　もぐもぐやった。リヴァイは片手で鼻をつまむと、ボールを一個ぱくっと口に入れて、首を上下に振る。

「……オイシイ！」

カシャ！　とカメラのシャッターの音がして、ミズ・オキャラハンがOKサインを出した。みんながリヴァイに拍手喝采《かっさい》する。オイシイ、ってYUMのことか。やるじゃん、リヴァイ。さすが、日本語のクラス・キャプテンやってるだけのことあるわ。ひらがなもカタカナもキレイに書けるし、漢字も習ってないのだって知ってる。リヴァイは日本のマンガとアニメが好きで好きで、『ワンピース』とか『ナルト』もこづかいで買い揃えている。どうやって手に入れたのかは知らないけど、すげえエロいのも持ってて、こっそり見せてもらったことがある。日本のアニメは口だけパクパク動くのがおもしれぇって、しかも歯がないのが超キモイ、ってビミョーなところばっかり見て喜んでる。そのせいか、マンガもアニメもどうにかしてオリジナルの日本語版でわかるようになりたいって、かなりマジ。

リヴァイがおかわりを欲しそうにしたので、オカーチャンがリヴァイを手招きして（昼間も思ったけど、こっちの人って、手招きするとき手のひらを下にするよな）、また鉄板の前に立たせた。リヴァイが「タコ」に手を伸ばした。

「オイシイ」、か。こんど、おれも言ってみようっと。

＊

ショーンが来たのは木曜日の夜遅くで、明日はもう土曜日。日曜日の朝には、もうお別れか。しかし、よくあの年齢でやって来たものだ。時代も変わったが、自分があの年のころには、外国に行くなんてとても考えられなかった。雅明は布団で寝タバコしながら、ぼんやりと天井につづく浅黄色の壁を眺め、目の前の襖《ふすま》に目を移した。襖の下半分には色あせたしだれ藤《ふじ》が細い滝のように流れている。茄子《なす》色の花びら一枚一枚に白い点描がなされてあるのだが、子どもだった雅明には葡萄《ぶどう》の実がおいしそうに光っているさまに見えていた。夜ごと寝間で煙がかった藤の花を見るたび、もういちど葡萄に見えないかと念じてみずにいられない。

豆電球をつけただけの和室に布団が二組。みしりみしりと階段がきしむ音がして、襖が開いた。風呂上がりの茉莉が入ってきて、おねがいだから、それやめてよ、火事になったらどうするん、と結婚以来、何万回目かの同じ小言を言った。しかし、その口調はいつものように疲労や不満にまみれたものではなく、明るく弾みさえもしていた。

「たこ焼きパーティー、おもろかったな」

布団をめくって仰向《あおむ》けに体を横たえた茉莉に雅明がそう声をかけると、茉莉がクククッと本当におかしそうに笑った。あの子ら、すごいリアクションやったわね。タコって、そんなにコワイもんやの？

湯通しした蛸《たこ》を見るなり絶叫した男の子や、黄色や茶色の髪の色をした女の子たちの集団も騒然となったことを思い出し、雅明も低い声で笑いながら、タバコの火を灰皿でもみ消す。自分たちは日常あたりまえに口にするものでも、外国からの小さな客人たちにかかると、まったく別の代物になるらしい。雅明は襖絵にもう一度目をやった。葡萄だと思っていたら、藤だった。そう知った瞬間、部屋全体までもがまったく違って見えはじめた。果実の甘やかな濃い香りは消え、いままでなかった紫色の花房が目前で揺れたかと思うと、五月の新緑が八畳の和室に広がった。葡萄の蔓《つる》が藤の枝に見えたとき、おれの子ども時代は終わった気がする。できたら、母親からではなくて、自分でその違いを発見してみたかったものだ。そうすれば、別の世界を垣間見《かいまみ》るささやかな勇気も持てた気がする。ショーンみたいに。

「饅頭は、相当、不評やったな」

「不評？　あれ、ブーイングやわ」

「なにがいかんのやろ？」

「中のあんこ、よ」

あんこがいけないと茉莉が自信を持って断言するのを聞いて、雅明は体を起こした。あんこのなにがいかんのや？　銀杏堂の伝統のあんこやで、と雅明は心外に思ってめずらしく不服を言った。まわりからは菓子屋のぼんと呼ばれて育ち、大学卒業後は別の菓子店に修業に出されることもなく、いまは施設で暮らす、当時まだまだ現役だった父親のもとで店の跡取りとして働いた。それ以外の道を選び取ることはついになかった。そんな節目の目立たない人生を送ってきた雅明にとって、確かな手触りのあるものといったら、妻子と自分の代で五代目という菓子店、それしかなかった。

「聞いたことあるけど、和菓子って外人さんにはあんまりウケへんらしいわよ。あんこって、その最たるモノ？　羊羹《ようかん》とかも、ショーンはあかんかもね」

それに、和菓子がおいしいって思うにはそれなりのシブイ年齢にならんとね、日本人でも若い子はみつ豆よりもパフェ、と茉莉は続けた。そやけど、カズもユウも、饅頭好きやないか、今日かて、あんなにパクパク食べてたぞ、と雅明の声が大きくなる。

「子どもが起きるやん、そんな大きい声出さんとって」

茉莉も起き上がって雅明に向き直った。カズは店のものだったらなんでも好きだけど、ユウは違う。あの子は優しいから、あなたに気ぃ遣って好きなフリしてるだけ。雅明は妻の言葉に衝撃を覚えた。

「そんなん、ウソや」

「ホンマ。あの子は、ちいちゃいときから甘いものあんまり好きやない。私に似てだいぶ辛党やわ」

和洋菓子問わず甘いものに目がなくて、しょっちゅう歯医者通いをしている雅明に対し、ほとんど甘いものを口にせず、転んで折った前歯の差し歯が抜けた時以来、もう何年も歯医者に行ったことのない茉莉。一樹はすでに永久歯に詰め物があるが、祐樹は乳歯も六歳臼歯《きゅうし》も虫歯ゼロだ。雅明は布団の上にあぐらをかいて両腕を組んだ。それよりも、明日の朝、カズとユウを野球に送って行ってね。試合があるからちょっと早めに。ショーンはどうするねん？　家にひとりでおいとくんか？　ショーンは、明日、綾青で剣道のデモンストレーションがあるから、それ見に行くらしいわ。ひとりでか？　そう、今夜帰りがけに、あの、なんて言ったっけ、そう、山中《やまなか》先生、ほら、あのオーストラリアの学校の引率の先生に、もしショーンひとりで電車に乗せるんやったら、ショーンの乗る電車の時間を教えてほしいって言われたから教えといた。あっちで駅まで迎えに出るって。帰りは、私の携帯にショーンの乗る電車を連絡してもらって、私が駅まで迎えに行くことになってるから。それやったら、乗り換えもあらへんし、ひとり言うても、電車乗るだけのあいだのことやし。お迎えの時間になったら、ちょっとお店抜けさせてもらうね。

「なんもなかったら、ええけどな」

「山中先生がホームステイは、子どもに日本の普通の生活させるのが目的やから、うちは普段通りの生活してください、って」

そうか、よっしゃ、ほんなら、そないさせてもらおか。明日も店であんこを練ったり、紅白饅頭を箱に詰めている自分の姿を想像しながら雅明は灰皿の吸い殻の火が完全に消えているのを確かめた。天井の蛍光灯の笠《かさ》から垂れたひもに手を伸ばす。

「それから」

布団にくるまった茉莉がくるりと体を雅明の方に向けた。

「カズは、ほんまは野球よりサッカーやりたいんやって。ユウは、いままで通り野球がいいって」

「なんやねん、それ。そんなん、聞いたことあらへんぞ」

毎週、リトルリーグの練習に揃って出かける双子の背中は大きくなったものの、雅明には同じにしか見えなかった。

「お父ちゃんの『六甲《ろっこう》おろし』、ええかげんカンベンしてくれとか言うてたし」

「うるさいっ、『六甲おろし』のどこが悪いねん！　あいつ、朝起きてきたらシバキじや！」

ハイハイ、もう寝る〜。雅明の体の脇から茉莉の片手が伸び、電気のひもと笠が上下に揺れた。

真っ暗闇が降り、葡萄の実も藤の花も、子どもも大人もいなくなった。

＊

「ショーン、ＯＫ？」

「オカーチャン、OK」

「……ショーン、OK？」

「OK……オカーチャン！」

電車が来た。冷たい風が吹いて、ほっぺたが痛い。オカーチャンがもういちど、OK？って聞いたので、OKって答えた。実は、あんまりOKじゃない。昨日の晩はカズのベッドで一緒に寝た。あいつの寝相すごくて、あんまり眠れなかった。今日はスクール・ランチがないので、オカーチャンの作ってくれたランチがリュックサックに入っている。カズとユウも同じものを持って、朝出て行った。カズとユウは野球をやってる。スポーツバッグから覗いていたふたりのバットを見かけたら、野球も一度見てみたいって思ったけど、ケンドーのデモにはイーサンも来るって言ってたし、きのう一緒にいたレンとかミサキとかタイセイとかの六年のやつとも遊びたかったので、やっぱりケンドーのデモの方に行くことにした。オカーチャンのくれたランチ・ボックスは重い。また、ずっしりと米が入ってるんだと思う。そろそろ、米、飽きてきた。マッシュト・ポテトとかパスタとか、焼きたてのブレッド・スティックとか、もう、ふつうの、サンドイッチ食べたい。

音楽が流れて、電車が見えた。日本の冬って寒いっていうより痛い。指の先が氷みたいに冷たかったので、両手をあわせてこすった。オカーチャンがポケットから白い四角いものを出しておれの手のひらに載せた。なんだろう、これ。湯たんぽみたいに、すごくあったかい。オカーチャンがそれを指さして、「ホッカホカ」って言った。オカーチャンがホッカホカ、ってもう一度言ったので、おれも真似して言ってみた。Hokka・Hoka。イエス、ホッカホカ、ショーン。オカーチャンがクスクスって笑って、Hokka・Hokaを載せたおれの両手をそっと包んだ。電車が止まってドアが開いた。

「ホッカホカ、OK?」

「Hokka・Hoka、OK!」

昨日はいきなり乗ろうとしてドアの正面に立った。カズとユウに引き戻された。だから、今日はドアの横に立って、降りる人が先に降りるのを待った。待っている間、オカーチャンがおれをもう一度心配そうに見て、カズとユウにするみたいに、ジャケットの襟を直してくれた。電車に乗った。ドアが閉まる。ガラス越しにオカーチャンがおれにむかって手を振るのが見えた。電車が動いて、だんだんスピードが上がる。オカーチャンが小さくなっていく。なんか、ちょっとニヤニヤしてしまう。ハズカシイやつに見えないようにうつむいて、まわりの人を見てみた。ずっと不思議でたまらなかったんだけど、おれの目の前にすわっていたビジネス・スーツ着たおじさんがマスクしてて、そのとなりのお姉さんもマスク、せっかくきれいそうな人なのに、なんであんなものするんだろう? ドアのそばに立っているハイスクールの男子って感じのも、髪型もキメてカッコイイ革ジャン着てんのにマスク。ついつい、マスクばっかりに目がいってしまう。

向こうではマスクした人とマスクした人が喋っていた。目だけで笑ったり驚いたりしている。かなり怖い。リヴァイが言う、アニメの「歯がない」どころじゃない。口がない！　超グロい。それを見ていたら、ナンが膝の手術をしたときのことを思い出してしまった。ナンが病室から運ばれていくのに付き添っていくと、青緑色のマスクつけたドクターとマスクつけたナースが手術室のところで待ってた。そのうち、マスクつけた人がさらに何人も現れてナンを取り囲むと、マスク軍団はナンを手術室に連れて行ってしまった。ショーン、大丈夫、心配ないよ、ちょこちょこっと治してもらうだけだよ、ってナンは笑ってたけれど、ナンが死んだらどうしようって、怖くて怖くてたまらなかった。思い出したら、指の先がまた冷たくなった。ポケットに手を突っ込んだら、Ｈｏｋｋａ・Ｈｏｋａですぐあったかくなった。

　ここでは、マスクって電車でするだけじゃない、道でもお店でも学校でも公園でもマスク。シャンテルは、マスクは日本のこの冬の流行かもしれない、日本はファッションの流行の最先端なんだからって得意そうに教えてくれた。あの子、制服のときはおとなしくて全然目立たないのに、私服だと一番目立ってる。他の女子はふつうのＴシャツにふつうのジーンズ穿《は》いてるけど、あの子のＴシャツときたら、なんと、ガイコツがモノクロプリントしてあるのだったし、じゃらじゃらしたネックレスとか大きな羽根のイヤリングしていたり、穿いていたジーンズもユーズド加工してあるブラック・ジーンズで、あちこち穴が開いていた。ちょっとキワドいとこにも。ハサミとアイスピック使って自分で開けたって言ってた。

急に電車が揺れた。天井からぶら下がっている輪っかにひっしと摑まった。顔をあげるとドアのうえに、路線図があった。次の駅、その次の駅、その次の次の駅。「Ｋｙｏｔｏ」は学校に行くのと反対方向、家の駅の次の次の次、そのもう一個次、くらいか。昨日と同じ駅で降りると、ヤマナカ・センセイがミス・ウォーターハウスと一緒に待っていた。英語と日本語がかわりばんこに聞こえて、ハハハ、ウフフ、と笑い声が交じる。ふたりとも楽しそうじゃん。ほぉぉおお〜、へぇぇぇぇーーー、ふぅーーーーーん。電車がホームから消えた。おれはうつむいて、ジャケットのポケットに手を突っ込んで、なんとなく声がかけづらくて、だれもいなくなったホームに立ったままでいた。Ｈｏｋｋａ・Ｈｏｋａはポケットの中でものすごく熱くなっていた。ヤマナカ・センセイがやっとおれに気がついて、「ショーン！　こっちだ、ハハハ！」って手を振った。ヤマナカ・センセイのいつもの笑い声を聞いてると、なんだか、ローランド・ベイに帰ってきたみたいだった。

ケンドーのデモンストレーションは自由参加だったので、来ているやつと来ていないやつがいる。男子はイーサンとおれ、女子はジョジーナしか来てなかった。他の子はみんな、たぶん、ホストファミリーと出かけている。リヴァイはアイス・スケートに連れて行ってもらうって言ってたし、シャンテルはあらかじめ、キモノみたいなゲイシャのコスチューム着たいってホストファミリーにお願いしてあったらしく、今日は写真館に連れて行ってもらうんだって張り切ってた。ニックのやつは、当然靴を買いたいんで、ホストに靴屋に連れて行ってもらえるように日本語でお願いしてみる、って言ってたな。おれはナンにもらったこづかいはなるべく使いたくないし、ショッピングはつまんないので嫌いだ。ハイリーはユイカとスキーに行くって言ってた。いいなぁー。おれ、雪って見たことないし。そういえば、ユイカに「ショーンって、もしかして、まっぷたつ？」って聞かれた。あの子、ここの日本人のなかでは一番英語がうまい。ジュンヤとかレンと比べたら、ぜんぜんいけてる。アメリカ人みたいな、巻き舌っていうか、チューインガム嚙《か》みながら喋ってるみたいな感じ。カッコイイけど、ちょっとキモイ。おれたちが喋ってること、あの子はだいたいわかってる。先生たちも、あの子をおれたちの通訳に使ったりする。でも、ときどき、すごい難しい言葉交ぜたりとか、「そんなことなんでここで訊くかぁー？」みたいなトンチンカンなことを平気で聞いてきたりとか、それから、いきなり違う話題をふったりとか、おれたちまでわけわかんなくなる。ロボットが喋ってるみたいだ。ま、便利だからいいや。いないと、困るし。

「イータン！　ショーン！」

イーサンとぶらぶらしていたら、ジュンヤが走ってきた。おい、イータン、っておれが小さな声でからかうと、やめろよぉ、ってぜんぜんイヤじゃなさそうにイーサンは笑う。日本人の子はイーサンのことイータンって呼ぶ。けっこう笑える。でも、イーサンはイータンってちょっとマヌケな感じで呼ばれても、けっこう喜んでる。おれたちのあいだでは、もうあだ名になっている。いいな、なんか、いかにも日本の友だちがいる感じするじゃん。おれのことは「ジョーン」って、どの子も完璧《かんぺき》に呼んでくれるし、すぐ覚えてもらえるし、ラクだけど、「イータン」がちょっと羨《うらや》ましい。ジュンヤは青いキモノみたいなのを着ていた。『スター・ウォーズ』のジェダイみたいだ！　手には木の『ライトセーバー』みたいなの持ってる！　すげえカッコイイ！　イータンも、ジュンヤ、スゲッ！　って声をあげた。

「オイデヨ、ハジマルヨ」

　ジュンヤのあとについて体育館に入ると、みんなもう集まっていた。ジョジーナが、そこの男子、おそいのよっ、って顔でおれたちを睨《にら》んだ。あの怒った顔見てると、ローガンがジョジーナのこと大の苦手なのが、つくづく、わかるわ。はっきり言って、ぜんぜんかわいくない。かわいくないけど、案外優しい。女子のあいだではかなり人気あるし。だけど、言うこととやること、いちいちものすごく腹が立つ。女子にかなり人気ある女子は、男子にはかなり人気がない。イータンとおれは、仁王立ちしているジョジーナの前を駆け足で通り抜けて、ヤマナカ・センセイのところに集まった。

　ジュンヤと同じ格好した人がピシリと整列している。ヤマナカ・センセイが前に出て、説明してくれた。

「今日は、綾青の剣道部のみなさん、そして保護者の方々にもご協力いただいた。日本のマーシャル・アート《武道》としては、きみたちはジュードーやカラテならよく見かけるだろうが、ケンドーは見たことないんじゃないかな。たいへん貴重な経験だから、しっかり見ておくように。それから、みなさん、休みの日にでてきてもらっているんだ、デモのあとはしっかりとお礼を言うこと」

イータンがおれの腕をちょんと突いて、あれって、カラテの仲間なんだ？ってビックリしている。ミス・ウォーターハウスの解説が始まった。「ケン」は「剣《ソード》」のこと。剣の使い方を練習するためのもの。そこまでしか、おれはもう聞いていなかった。それよりも、なんでこんなに静かなんだろうって不思議だった。あたりすべての物音が剣の使い手たちに吸い込まれていく。残された静けさが、すごい力で彼らを縛っている。大人、ハイスクールのティーンエイジャー、ジュンヤみたいな子ども。誰ひとりとして身動きしない。そうして吸い込んだ音を、それぞれ体の中でエネルギーに変えているのかもしれない。コップの縁から溢れそうになっている水みたいに、ジュンヤもエネルギーで満タン、自分でいっぱいって感じだった。じっとしているのは、ちょっとでも自分が溢れださないようにするためなのかも。どの顔も、ものすごく真剣だ。ジュンヤがピシリと背筋をのばして、いまにも折れそうなくらいまっすぐ立っているのを見ていると、おれまで背中がまっすぐになった。合図があって、みんなが動き出した。ジュンヤも体育館の隅の方に下がっていった。みんながさっ、さっ、と歩く音がするだけで（裸足だ！）、だれもなにも喋らない。剣が、戦士たちの合間でまっすぐ揺れているだけ。戦士たちが、「ヤー!」「イヤー!」って声をあげながら、ウォーミングアップみたいなのを始めた。イータンは、すげえ、クール! ってワクワクしてたけど、おれはワクワクなんかしなかった。真剣なやつと真剣なやつがぶつかったら、そうとうやばいんじゃないか。あんなでかい木の棒でやりあうんだろ? あれが本物の剣だったら? ゾクゾクしてきた。ポケットに手を突っ込むと、Hokka・Hokkaはまだあったかかった。

最初に練習着の着方、防具のつけかたのデモがあって、次に練習試合、っていうのがはじまった。ジュンヤとティーンエイジャーが選ばれて出てきた。ジュンヤは頭からすっぽり被《かぶ》るマスクをつけた。このまま、ずっと見ていても飽きそうにないっていうのは、おれもイータンに賛成だ。

「ショーン、イーサン、ジョジーナ」

ヤマナカ・センセイに呼ばれて、おれたちは審判役をさせてもらった。赤と白の旗を持って、ティーンエイジャーの方が赤、ジュンヤが白、頭や体を先に剣で打った方の旗をあげろ、と言われた。メインの審判になったジョジーナは、ミス・ウォーターハウスから新しい日本語を習っていた。

「ハ・ジ・メ!」

バシンバシン! 赤と白の剣がぶつかった。目で必死に追いかけたけど、ふたりの動きが速すぎてどっちがどっちかわからない。ジョジーナが「ヤ・メ!」と叫んだ。

「イーサン! ショーン!」

ヤマナカ・センセイの声があがった。おいおい、きみたち、ちゃんと見てたか？　ハハハ！　会場のみんなが、ヤマナカ・センセイと同じようにハハハと笑う。おれたちは赤と白の旗をあげたりさげたりして、モソモソした。ジュンヤが体をこっちに向けて、おれたちを見ている。マスクのなかでどんな顔してるのかはわからなかったけれど、やつのことだから、笑ったりしないで、ナニカ問題でも？　って、マジメな顔して、何回もきっと訊いてくれてるんだ。

おれは白旗をまっすぐに上にあげた。

ランチ・タイムになると、イータンはすぐにホストが車で迎えに来たので（ホストにこれからオーサカ・キャッスル《大阪城》に連れて行ってもらって、夜はスシトレイン《回転寿司》食べに行くんだってはしゃいでた）帰って行った。それで、おれひとりでランチ食べようとしたら、テーブルにタイセイとトウマってやつがやってきた。イッショニ、タベテイイデスカ？　って英語で訊くので、おれも、「ドウゾ」って言った。自分の言葉じゃない言葉を喋るときは、すごく丁寧で礼儀正しくなる。なんでかはわからないけど。違う国の人だから？　まだ友だちじゃないから？　まだ友だちじゃないけど、これから友だちになりたいから？

はじめ、おれたちはモジモジしてしまって何にも喋らなかったけど、トウマの方が、「ショーン、アソブ、デスカ？」って恥ずかしそうにおれを見た。「ショーン、ナニ、ヤリタイ、デスカ？」ってタイセイも英語で訊いてくれた。テニス、って答えて、「ナニ、アソブ？」っておれも、日本語で訊いた。すると、ふたりとも、「バスケ！」って嬉しそうに答えた。おれたちはランチをいそいで食べて（米だと食べるのに時間かかる、赤い米で白いのよりネチャネチャしていた）、最初、タイセイとトウマがおれをテニスコートに連れて行ってくれて、そこで練習していた上級生とプレイさせてもらった。みんな、めちゃくちゃうまい！　おれ、テニスではオーストラリアはどこにも負けないって今まで信じてたけど、これは相当やばい。コートの感触が違っていて、ボールの飛び方も当然違ってたけれど、それはおれの単なる言い訳。夢中でボールを追っていると、相手の上級生の友だちみたいなのも集まってきて、その上級生を応援しだした。マズイ、なんだよぉ、ズルイぞ！　まわり日本人ばっかじゃん、そいつの味方ばっかりじゃん、おれだけひとりじゃん、ってヘタレそうになったとき「ショーン！」って、それまでテニスコートの片隅で黙って見ていたトウマとタイセイが立ち上がっておれを応援してくれた。ダンゼン、やる気出た。ストレートで負けたけど、その上級生とも握手したし、トウマとタイセイも「ショーン、ワンダフル！」って言ってくれたので、楽しかった。

そのあとは、トウマとタイセイとバスケした。ふたりの息がぴったりでかなわねえやって、またおれだけひとりじゃん、ってモヤモヤしていたら、あんた、ぜんぜんあの子たちの相手になってないわよ、って言いながらジョジーナが途中から参加してくれた。トウマとタイセイが日本チーム、ジョジーナとおれがオージー・チームになって、くたくたになるまでやりあった。

「ボクタチ、タノシカッタデス！　ジャ、マタ。ショーン」

「アリガトウ！ Good on ya!《よかったぜ！》 Bye Mate!《バイ、マイト！》」

トウマとタイセイはおれとジョジーナとハイファイブすると帰って行った。すごい汗かいた。ジョジーナとふたりで水飲み場で水を飲んだ。おれは日本の友だちができたって、すっごくいい気分だった。ジョジーナもすごく楽しそうで、素早くって、おれの倍以上動いていた。トウマやタイセイにふたりがかりで攻められても、モノともしてなかった。あいつ、気が強いだけじゃなくって、すんげぇガッツあるわ。あんたがもたもたしてるから負けちゃったじゃないの！　このヘタレ！　って、おれにはあんな威勢のいいこと言ってたけど、この日のジョジーナときたら、ずーっとこっちの六年の女の子に群がられていて、なにするにも世話を焼いてもらっていた。ランチのゴミ捨てるのも誰かがゴミ箱を探してくれて、トイレ行くのも誰かがついてきて、ミス・ウォーターハウスと英語で喋っているときも誰かがそばにいて、まるでペットか珍獣みたいになっていた。いつものあいつとぜんぜん違う。日本語わからないから、っていうのもあるけど、やっぱ、おれたちはゲストだし、いいカッコしていたい。ヤマナカ・センセイからも「きみたちは、日本では、ローランド・ベイの代表であり、オーストラリアの代表でもあるんだ」って言われている。ここにいる間は、なにはさておき、ローランド・ベイの生徒、オーストラリアから来た子どもっていうのをやってなきゃいけない。けっこう疲れる。ジョジーナだって、いつもだったら、あんなふうに他の子のイイなりになんかぜったいならない。ふだんは、クラス委員もやってるし、あいつに任せとけば、たいていのことはなんとかなるって、みんな思ってる。そいつ、いつもはそんなんじゃないンスよ、ランチのときなんか、あのデカ口をばくっと開けて、花壇の柵《さく》にまたがってパンツ見せて、矯正の金属つけたキンキラの歯でバナナ丸食いするンスよ、男子のあいだではサル女って呼ばれてるンスよって、あの子たちにあいつの正体バラしてやりたいのは山々だけど、このおれだっていつものおれでもほんとのおれでもないし、人のこと言えんわ。イーサンだって、「イータン」って呼ばれるだけで、なんか日本版イーサンになってるし。

私、帰る、ってジョジーナが帰り支度を始めた。おれと同じで、これからひとりで電車に乗るんだな。そわそわしていて、いつものサル女らしくない。朝はホストに車で送ってもらったけど、帰りは電車、って目をきょときょとさせている。おれは、ジョジーナともう一回ハイファイブした。バスケ、おまえのおかげで助かったわ、じゃな、また明日、って声をかけると、ウン、ってしおらしい声で返事した。駅までミズ・オキャラハンに付き添われて帰って行く、いつもより小さいジョジーナの背中を見て、おれも帰ることにした。ヤマナカ・センセイが駅までついてきた。おれの乗る電車の時間を確認して、オカーチャンに電話かけてくれた。

ホームにいるオカーチャンが近づいて来て、オカーチャンがまた遠ざかって行く。人が降りて、電車のドアが閉まったとき、オカーチャンの赤いマフラーの先のビラビラが風に小さく震えているのがガラス越しに見えた。おれの心も小さく震え出す。どうしてなのか、自分でもわからない。怖くなって両手を握りしめる。それでも、まだ手が冷たかったのでポケットに手を突っ込んだら、Ｈｏｋａ・Ｈｏｋａは朝ほどあったかくなくて、ぬるくなっていた。踏切のサイレンの音が番犬みたいにワンワン鳴り響いて、ショーン、おまえ、やばいことしてるだろ、ってわめくので、ほっといてくれよ、って無言で返事した。

マスクした人がまたいっぱいいる。ここにも、あっちにも。目だけで詰め寄ってくる。コレを知ったら、ナンが、すごく悲しむんじゃないか？　そんなことわかってる、六歳のときから知ってる。胸の中がだんだん、火事みたいに熱くなる。「ジャパン・トリップ」に参加したいだなんて、とても言い出せないって思っていた。ジャパン、って聞いただけで、ナンもおれも、たぶん父さんも、胸のやわらかいところがピンで刺されたみたいにピクンってなる。キョートなんて、ピンでピクン、じゃなくて、ナイフでグサリだ。でも、キョートに行けるって聞いたとたん、どうしても行きたくなった。キョートじゃなきゃ、おれは来なかった。六歳のとき、ナンからこう聞かされた。おまえの母さんは、日本に帰った。いまはキョートに住んでるって、父さんから聞いているよ。それから、こう訊かれたことも覚えている。母さんに会いたいかい？　あのとき、おれはこう答えたのもちゃんと覚えてる。

「ううん！　ナンがいるからいい！」

　ナン、ごめん。あれはウソじゃない。絶対にウソじゃない。絶対に絶対に、ウソじゃない！　神さまに誓ったっていい。ナンは、神さまはなんでも許してくださるっていつも言ってるけど、これだけは、ダメな気がする。だって、自分でもマズイことだってわかってるのに、なんでこんなことしてるのか、わからないんだ。ドアが勢いよく開いて、大勢の人が一気に降りた。思っていた通り大きな駅で、「キョート、キョート」ってアナウンスが聞こえる前から、ここに間違いないって思った。「Kyoto Station」だ。降りるときおじさんにぶつかって、すごい睨まれた。ちゃんと家の駅で降りて、オカーチャンに「ショーン、OK！」って言って迎えに来てもらったほうがよかったって、いきなり後悔した。

　駅の中は広くて、たぶん、フリンダース・ストリート駅よりもでかいし、空港と同じくらいきれいだった。でも、ほおーってなったのは、最初の三分間だけで、あとは、これからどうしよう、って、そればっかり考えた。すごいたくさんの人がいる。こんなにたくさんの人がいるの、初めて見た。前にも人、後ろにも人、横にも人、斜めにも人。どこ見ても人。人に溺《おぼ》れそうだ。どっちに行っていいのか、迷いながらジグザグに歩いていたら、また、人にぶつかった。人がまっすぐに歩けるのは、自分の行く場所がわかっているからなんだ。おじさんは、おれの顔を見て、なんか言った。さっきぶつかったおじさんにも同じこと言われた気がする。床に黄色い線がひいてあったので、とりあえず、それの上を歩いた。階段の下のほうに「Shinkansen Track」ってサインが見えた。明日、オーサカからキョートへ移動するときに、せっかくだから、一駅だけでもブレット・トレイン《新幹線》に乗ろう、ってヤマナカ・センセイが言ってた。予定表にもそうあった。元通り、ボコボコした黄色い線をたどろうとしたら、あっちにもこっちにも同じような黄色い線があることに気がついた。矢印のマークも至る所にあって、いろんな方向を向いている。どこを見ても、ひらがな、カタカナ、漢字。アルファベットもときどきあるけど、あれは英語もどきだ。カタカナのほうがまだ意味わかる。「ホテル」とか「インフォメーション」とか、「アイスクリーム」とか。改札の機械がずらっと並んでいる。そばに駅員さんが立っていた。駅員さんに訊けば、さっきのホームに行けるかもしれないけど、「スミマセン」って出てこない。

とにかく、乗ってきた電車を探そう。たしか、銀色の電車で、青いラインがあった。階段を上ったり駆け下りたりするたび、さっきと同じようなホームが見えた。これって、タマネギの皮を剝いてるみたいだ。どこまで行ったらいいんだろう。あちこちかけずり回ったけど、入ってくる電車は全部銀色でガタガターン、ゴンゴーン、キューって音まで同じ。まてよ、青じゃなくって緑のラインだったっけ? マジやばい。やっぱ、「スミマセン」って、そのへんの人に声をかけてみよっかな。来るまでに何回、この言葉、練習させられた？　ロールプレイさせられて、場面も役もいろいろやらされて。「スミマセン、イマ、ナンジ、デスカ？」「スミマセン、コレ、クダサイ」「ドウモ、スミマセン」。でも、六年にもなって迷子になる役なんかやらなかった。ひとりで駅のホームに行くっていう場面もなかった。

　まわりを見回すと、歩いている人は歩くのに夢中だし、待っている人は声なんかかけないでほしいって感じだし、喋っている人たちは自分たちのことにしか興味なさそうだし、おれのことなんか一ミリも目に入っていない。こんなに人がいるのに、だれも、迷子のおれに気がついてくれない。だんだん、怖くなってくる。このまま、帰れないんだろうか？　ミヤモト・ファミリーのところに泊めてもらうの、今日で最後だ。カズとユウ、ちょっとうるさすぎだけど、くっついてくると弟みたいでかわいいし、自分でもちょっと意外なんだけど、今夜は、双子たちと風呂一緒に入ってみるのもいいな、って思ってんのに。あいつたちと、ＰＳ４を一緒にやる約束もしてるのに。オトーチャンは一緒にいるだけでおもしろいし楽しいし、オトーチャンの、あのｌｏｕｓｙ《ヒドイ》な歌、もう一回トドメに聞いておきたいのに。オカーチャン、オカーチャンには、今日のランチのお礼、絶対言うって決めてるんだ。「オイシイ」って……！

　床の黄色い線の上でおれは立ち止まった。足が痛いって思ったら、靴ズレができていて、かかとのところに血がついていた。――ナンが言ってた。タマネギの皮なんて、自分がいいって思うところで、剝くのをやめればいいんだよ。おまえがこれでいいって思うところまでで。このさきは、またさっきの階段だ。ナン、おれは三歳まで日本語喋ったって言ったけど、そんなの、もう全部忘れてる。いまだって、「スミマセン」さえ言えない。元のホームへの行きかたも訊けない。ひらがなもカタカナも意味はわからなくても読めるし、漢字だってちょっと知ってるけど、さっきから英語の標識ばっかり探してる。おまえは半分日本人だ、って父さんは言うけど、半分日本人ってなんだよ、それ？　自分だって、半分アイルランド人で半分ドイツ人じゃないか。でも、家に帰ってくるたび、ベジマイト・サンドイッチが食べたいって言うし、オーストラリア・デーには、この国に生まれてよかった、オージーでよかったって言いながら、みんなと一緒に国歌を歌う。去年はおれも、街の広場のパーティーで、黄色と緑の服を着て歌った。あの歌歌うたび、おれも、オーストラリアに生まれてよかったってマジ思う。おれだって、もちろんオージーだ。親がオージーじゃなくても、オーストラリアで生まれて育ったら、みんなオージーだ。シャンテルはお母さんがフランス人でフランスで生まれたから、フランスのパスポートも持ってるらしいけど、あの子にしたら何人《なにじん》とかもうどうでもいいらしい。

だいたい、おれ、どんな顔かも覚えていない。覚えてないから、思い出しもしない。ナンは、母さんのことは話したがらない。でも、ナンがいつかこう言ってた。私も何回も故郷に帰りたいと思った、だからつらい気持ちは言われなくたってわかるし、子どもをおいて帰るなんて、相当の事情があったにちがいない。おまえの父さんにも半分責任があるさ、家にほとんどいないっていっても、なんらかを察することはできただろうに。だけど、なんの説明もお別れの言葉もないまま、とつぜん、子どもの前から消えるなんて、まだあんなに小さかったおまえに、なんの罪もない子どものおまえに、こんな大人の身勝手、許せない。たった一言でよかった、私たちに相談してくれていたら。家族じゃないか。それとも、私たちのことは、はじめから家族と思っていなかったのかもしれない、それが悲しい、って。

　おれは、これからもナンさえいたらいい。ナンのこと大好きだし、ナンのことは絶対、絶対絶対、大事にする。母さんのことは全然知らないけど、ナンのことなら、おれ、なんだって知ってる。ポップ《おじいちゃん》が死んじゃったあとは、本当はふるさとのドイツに帰りたかったのに、おれのためにオーストラリアに残って、おれのめんどうみてくれていること。父さんがパイロットだっていうのを、けっこう自慢に思ってること。マッシュト・ポテトよりもベイクト・ポテトのほうが好きだってことも。ナンも、おれのこと、なんでも知ってる。幼稚園《キンダー》で好きだった女の子の名前も、二年まで寝ションベン漏らしてたのも、父さんみたいにパイロットになるって決めてることも。ついこのあいだも、学校のとなりの家の庭に入ってしまったフットボール取るのに、無断で塀を乗り越えて、おまけにその家の野菜畑を踏み荒らしたって苦情が出たとき、ウソつきジョセフがぜんぶおれのせいにして、おれは校長先生にたっぷり怒られたことがあった。一週間ディテンション《居残り》までさせられた。あいつの顔見るだけで、いまでもムカムカする。超ヤなやつ！　おれは確かに塀を乗り越えてボール取りに行ったけど、おもしろがって野菜畑をむちゃくちゃにしたのはあいつなんだ、って何回も言ったのに、ジョセフのやつはスクールキャプテンやってるせいか、先生たちも初めからぜんぜんおれの話をきく気ゼロ。でも、ナンだけはおれを信じてくれた。いつだっておれの味方でいてくれる。「ジョーン、愛してるよ」っていつも、いつだって言ってくれる。

目の前の階段を見上げてみた。もう何度も上ったり下りたりしたせいか、見ているだけで疲れてきた。足も痛い。新しい靴を履いてきたせいだ。履き慣れた靴を履いてくるようにって学校から言われていたけど、おれ、新しい靴履くといつも、どこへでも歩いて行けそうな気がしてくるんだ。でも、もうこれ以上歩きたくない。これ以上歩いたってどこにも行けない。ナン。おれ、いま、よくわかったよ。おれ、母さんってどんな人だろう、一度会ってみたいとはずっと思ってたけど、考えたら、いまはキョートにいるって聞かされているだけで、その他はなんにも知らない。それに、なんにも知らないんじゃ、好きにも嫌いにもなれない。好きでも嫌いでもないやつなんて、いてもいないのと同じだ。

――ナン、おれ、決めた。もうここでいい。ここで、やめる。

ポケットに手を突っ込んだら、Ｈｏｋｋａ・Ｈｏｋａは冷たくなっていた。ホームから冬の風が吹き上げて、体中が凍えそうで震えてきた。出発の日、ナンは見送ってくれなかった。キスもハグもしてくれなかった。車の中でただ、泣いていた。ナン、おれが母さんに会いに行ったって思ってるんだ。もしかしたら、おれがもう帰ってこないかもしれない、なんて思ってる。

だって、ナンはこうも言っていたんだ。一度だけ、あの人がおまえに会いに来たことがある。おまえは覚えていないだろうが、おまえは母親に駆け寄って行った。でも、あの人がおまえの手をひいて、連れ去ろうとするのを、父さんが追い払ってしまった。たった数時間だけでいい、ふたりで過ごさせてほしい、これが最後だから、とあの人は泣いたんだけどね、おまえの父さんは許さなかった。きみのことは信用できない、数時間が数十年になったらどうするんだってね。一度、黙っていなくなったんだもの、私だって信用できなかった。そうさ、もし、あのとき、あの人がおまえを連れて行ったなら、もう二度と私はおまえには会えなかっただろう。今の人たちには、けっしてわからないだろうね、海の向こうがどれほど遠いものか。海の向こうに残してきたものが、どれほど大切か、忘れられないか。覚えているって、つらいこと。忘れてしまいたいと思えば思うほど、思い出したくないことばかりを思い出して、つらくなってくる。おまえの母親がおまえに会いに来た日のことも忘れられないね。そして、思い出してしまう。母親に駆け寄って行ったおまえを。そのうち、私の元を離れて行くおまえ、日本にいるおまえ、そんなことを想像するだけで、いまでも、二度と会えなくなるんじゃないかって、もう眠れなくなるんだよ。

ナン、おれ、ちゃんとナンのところに帰るから。二度と会えない、そんなこと絶対ねえから！　こんなところで迷子になっている場合じゃないぞ……！　まず、ミヤモト・ファミリーのところに帰らなきゃ……。　ミヤモト・ファミリー、おれんち、どこだっけ？　まさか、オトーチャンにもオカーチャンにもカズにもユウにも、二度と会えない？　ポケットに手を突っ込んで、Ｈｏｋｋａ・Ｈｏｋｋａをぎゅっと握ってみる。氷みたいに冷たい……。神さま、お願いだから、うちに帰らせてくれよぉ……！　さっきからちょっとずつ自分がこぼれている。ハズカシイやつ、ナサケナイやつに見えるのがいやで、おれはうつむいた。足下の黄色い線に白いものがいくつも落ちてくるのが見えた。空を見上げると、ばらばらと壊れそうな雲のあいだから音もなく降ってくる。片手を差し出すと、手のひらの上にふんわりと落ちて、小さな水の粒になった。　また、ひとつ。もうひとつ。手のひらのくぼみに小さな水たまりができた。空も自分をこぼしている。水たまりは、おれの手のひらの上で、だんだんとあったかくなってきた。ホームのライトに照らされて、キラキラ輝きはじめた。水面に触れてみると、光は粉々に砕けて指先を濡《ぬ》らし、吸い寄せられるように上へと這《は》い上がって行った。ナンは覚えているってつらいことだって言っていた。　それでも、おれは覚えておく。そして必ず思い出す。こぼれ落ちた分だけ、つらくても、きれいだから。黄色い線の上で立ち止まったこと。そこに、白い綿のようなものが舞っていたこと。指先に触れると、光のしずくになったこと。

ふと顔をあげると、駅員さんがおれのほうに向かって歩いてくるのが見えた。思わず一歩踏み出す。手のひらから水たまりがこぼれた。　水面が揺れ、キラキラが飛び立った。

向こうのホームから、「キョート、キョート」ってアナウンスが響いてきた。電車が着いた。ガタガターン、ゴンゴーン、キュー！

きゅうに、からだ中の力が抜けて、どうしようもなく、目から自分が溢れだした。

＊

「銀杏堂」では、月に一度、赤飯を炊き、家族にはもちろんのこと、従業員にもふるまう習慣がある。店頭で販売しているものとは別に内輪で用意するのだが、茉莉が嫁いだとき、姑《しゅうとめ》から最初に教わったのがこの赤飯の作り方、であった。茉莉にとって、結婚とはカルチャーショックのほかのなにものでもなかった。おなじ関西といえど、サラリーマン家庭で育った茉莉には、雅明が物心ついたころからあたりまえとしてきた、この商家の古いならわしの名残を目前にして目もくらむ思いだった。あんさん、赤飯の炊き方も知りはらしませんのかいな。姑は最初、茉莉をあきれたように眺めたが、なにぼんやりしてますのや、との一言で、茉莉を調理場に追いやった。そこで餅《もち》米の蒸し方、ささげのゆで方、塩加減などをひとつずつ、茉莉の目の前で実演して見せた。相手の文化や価値観を一方的に押しつけられて、それまでこれが自分だと信じてきたことまでが否定されると、それはたとえようのない苦痛になりうるが、この姑の場合はそうではなかった。調理場での作業を終えると茉莉に熱い茶をすすめ、京都のお家では何しはるんだす、と茉莉の実家の風習を尋ねてきた。厳しいことを言われて泣かされたこともあったが、道修町《どしょうまち》の旧家に育った姑の言葉遣いは、相手を包み込むような豊かさと気品に溢れ、それゆえ、茉莉にとっては服従するのも容易で、無形の尊いものに触れている気がした。

そのように厳しくも気高くもあった姑だったが、双子が幼稚園にあがるころ、アルツハイマーと診断された。そののちは坂道を転がるような勢いで健康と記憶を失った。人生の背骨であるこの二本柱が溶け出した姑の未来が不透明に濁っていくのとはうらはらに、彼女の瞳《ひとみ》は生きていくうえでのあらゆる不安やつらさから解放されて澄み切っていた。枯れ木のようになって柩《ひつぎ》に納まった姑を見たときには、茉莉は涙が止まらなかった。わからないことだらけの商売や商家のしきたりを、この人が逐一教えてくれたからこそ、いまの生活、いまの自分がある。店に限ったことではない、双子が生まれたとき、「おめでとうさん。これから死ぬまでお母ちゃんやらなあきませんのやで」と餞《はなむけ》とも戒めともとれる言葉をかけてくれたのも姑だった。あれから時がたち、双子たちも大きくなり、月に一度の赤飯は、雅明の代になってからは、給与明細と一緒に手渡されるようになった。

いま思えば、姑は自分を嫁扱いなどしなかった、はじめから身内の者、息子の嫁というより、自分の娘として扱ったのだ。茉莉はある種の感慨にふけりながら、一升釜《がま》で炊いた赤飯を従業員の数だけ箱に詰めた。残りは少年野球に出かける息子たちの弁当、そして多少ためらってから、ショーンの弁当箱にも詰めた。この土曜日、学校は剣道のデモンストレーションのために開いているが、給食は出ないと連絡をうけていた。とはいえ、ショーンに赤飯まで食べさせるなんて、ホストファミリーになると決めてから、あれこれ心配して寝不足になっていたのがうそのようだ。店の和菓子はNGだったようだが、昨夜は学校の歓迎パーティーでショーンはたこ焼きをたらふく食べていた。息子たちにならって、雅明をオトーチャン、茉莉のこともオカーチャンと呼ぶ。なんとも、いじらしい。とはいえ、伝える術《すべ》がないだけで、おそらく、多少のカルチャーショックやホームシックも内心覚えているだろう。人の家に寝泊まりすること自体、それが気心の知れた友人宅であっても、ずいぶん気の張ることだ。しかし、それらはこちらが手出しも手助けもしてやれない事柄でもある。それらはひとつひとつ、自分ひとりでしか乗り越えていけないことだとはこの身をもってわかっている。姑は一切無駄口をきかず、その場限りの情けやなぐさめの言葉をかけることもなかったが、余計な詮索《せんさく》をすることもなかった。雨が降ろうが槍《やり》が降ろうが店に出ること、それで茉莉の失敗も言い訳もすべて帳消しとし、ふだんとおなじ一日を用意してくれた。茉莉にとって、これほど心休まることはなかった。

あの姑のようにはなれないが、せめてこの三日間は、一樹、祐樹とわけへだてなく、彼の「オカーチャン」でいてやりたい。たった三日間とはいえ、見知らぬ土地で、さぞ心細いことの連続だろう。自分にはよくわかる。しかも、ショーンはまだ子どもなのだ。茉莉は子どもたちの弁当箱をテーブルの上に並べると、ほどよく冷めた赤飯の上に黒ごまをそれぞれひとつまみずつ振りかけ、小さな栗で飾った。

双子の息子たちが父親の運転する車で出かけて行ったあと、茉莉はショーンのリュックサックに弁当を詰め、彼と一緒に駅へ向かった。今朝はショーンひとりだけの電車通学。不安がないわけではなかった。初めて双子たちが電車で登校した日、茉莉は心配でたまらず、彼らがまだ電車に乗っているうちから、学校に電話をかけて安否を確認したほどだった。この朝の茉莉は、まさに、あのときとまったく同じ心境だった。なんども、ショーン、ＯＫ？を繰り返し、そのたびに、オカーチャン、ＯＫ！が返ってきた。

やって来た電車に乗り込んだガラス越しのショーンに茉莉は手を振った。小さな八重歯を口元から覗かせ、恥ずかしそうにうつむいて、使い捨てカイロを握った片手を茉莉に振って見せた。電車が見えなくなるまでホームで見送ってから、茉莉は自宅に戻ると赤飯の箱を自転車の荷台にしっかりくくりつけて、ひどく冷たい風に追われるようにして店に向かった。

茉莉の携帯に引率の教諭から連絡が入ったのは午後二時を回ったころである。いまからショーンが電車に乗りますので、駅までお迎えをよろしくお願いしますとのことだった。茉莉は急いで店のエプロンを外し、アルバイトの女の子とパートタイマーの女性に声をかけて店を出、自転車で駅に向かった。明日の朝、ショーンは帰ってしまう。今夜はもういっそのこと、どこか外でショーンの食べたいものを食べに行くのもいいかもしれない。いや、土曜日の定番メニューといえば、うちではカレーだ。カズとユウが世界一好きなチキン・カレー。土曜日の夜は、雅明が幼なじみの鶏肉《とり》屋が選《え》りすぐって取り置いてくれている一キロのかしわを手に提げて帰宅する。それを使って、家族全員でカレーを作るのがいつものパターンだ。銀杏堂の定休日は火曜日。宮本家が休みの日を家族で過ごすことはほとんどない。そのせいもあって、雅明は子どもたちと一緒にカレーを作る土曜日は早めに店じまいするし、子どもたちも、ニンジンやジャガイモをむきながら、父親（と、上質のかしわ）の帰りを待ちわびている。最近、双子たちはお皿まで食べてしまいそうな勢いなので、カレー専用のほうろうの大鍋《なべ》を購入したところである。

遠くから、踏切の音がかすかに聞こえてきた。ショーンは、一体、どんな顔をして降りてくるだろう。登校初日のあの日、電車からぴょんと元気よく飛び降りた一樹《たくま》は、「ただいま！」と新一年生らしく輝いていた。たった一日のことなのに、こんなに逞しくなった、とそれまでの心配も不安も吹き飛び、茉莉は嬉しさを隠しきれなかった。一方、兄のあとから危なっかしい足取りで降りてきた祐樹はといえば、「おかあちゃん！」と涙目で母親に抱きついてきた。初日で緊張しっぱなしだったせいか、母親の顔を見るなりどっと疲れが出て、安心もしたらしい。子どもたちの姿が見えないだけで、あれほど寂しく感じた一日はなかった。母親というのは自らなるものではない、子どもたちに母親にしてもらうのだ。他の乗降客の目をはばからず、茉莉はホームで息子たちを抱きしめたのだった。

全速力でペダルを漕ぐと、駅前に自転車を駐《と》めた。入場券を求め、朝とは反対側のホームに立つと、白く清いものが落ち始めた。ひゅうと北風が悲鳴をあげた。残された静けさが、耳の底を低く打つ。だれもが一度は耳にするその哀しい歌を、茉莉は黙って聞いた。電車が近づいてきた。茉莉は首元の赤いマフラーをしっかりと巻きつけた。


雅明が茉莉から連絡を受けたのは、午後三時を過ぎてからだった。少年野球から戻ってきた息子たちは、おやつを食べるために店に立ち寄っていた。雅明は一樹にはいつものようにあんこもちやきなこもちを用意し、祐樹にはこの日は甘みを抑えた豆大福を選んで与えた。「銀杏堂」の豆大福は大粒の赤エンドウがたっぷり交ぜてあり、あんこは入っていない。先代が「あんこがかなんお客さんのために」考案した品である。ぼんぼんら、今日はおそろいと違いますねんな、豆大福食べてはるんは、いったいどっちのぼんでっしゃろ、と先代のころからの職人が双子を見た。双子がキャッキャと笑った。さあ、どっちやろか、ノブさん、あててみてんか、と雅明が老職人に返事したとたん、携帯が鳴った。ディスプレイには「まりちゃん」の表示が光っていた。通話ボタンを押したとたん、茉莉の声が飛び込んできた。

「どないしょう……！　もっちゃん、ほんまにどないしょう……！」

どないしたんや、との雅明の返事もほぼ聞けず、気もそぞろといった状態で茉莉は続けた。ショーンがおらへんねん、さっきからもう二本も電車着いたんやけど、やっぱりおらへんねん、どないしょう、と同じことを何度か繰り返した。

「あほッ、こんなとこに電話かけてんと、学校にかけんかいな！」

　雅明は驚いてとっさに大声で怒鳴ったものの、事情が摑めてくると、もしかしたら大変なことになっているのではないかとだんだん不安になりはじめ、今度は自分を含めて相手をなだめるような口調で話しかけた。

「とにかく、引率の先生に電話かけるんや。ショーン、GPSも持ってるやろ。大丈夫やからな、落ち着くんやで」

　山中先生に電話して、そのあと折り返し連絡すると茉莉が言い残し、電話は切れた。双子たちが、惚《ほう》けた顔で父親を見ていた。ショーン、どないしたん、と一樹が食べかけの歯形がついたあんこもちを皿においた。祐樹は豆大福の残りを口に押し込んだまま、じっと雅明を見つめた。

「おかあちゃんが駅まで迎えに行ってんねんけどな、ショーン、まだ帰ってきてへんのや」

　えっ、と双子たちは同時に体を反らせたかと思うと、オレ、駅まで行ってくるわ、と一樹が鉄砲玉のように飛びだして行った。祐樹は口の中にまだ残っている豆大福をぐっと呑《の》み込み、自分のスポーツバッグを肩にかけ、兄が置いたままにしていったスポーツバッグを両手で抱えると、自宅へ戻ると言いだした。もし、入れ違いでショーンが家へ帰ってきてたら、ショーンは家の鍵《かぎ》を持ってへんやろ、家の中に入られへんやんか、こんな寒いのにかわいそうや、ぼくらがやっぱりついて行ったったらよかったんや、野球なんかいつでもできんのに。祐樹は店頭へつづく暖簾をくぐると、とぼとぼと帰路についた。

「だんさん」

老職人の信夫《のぶお》が雅明に声をかけた。雅明が何気なく声の主の方を振り返ると、そこには、彼が子どもの頃から変わらない、もの静かな微笑みがあった。豆大福は、こぼんさんのほうだすな。なんでわかりましたんや、と雅明がちょっと笑って尋ねる。勘だす、と老人は答えて調理場をあとにした。信夫のことだ、双子のどちらが店の跡を取るか、それも長年の「勘」で既に見抜いていることだろう。自分にはそのような「勘」はない。いや、肉親となるとあまりにも近すぎて、案外そのような「勘」は働かないものなのかもしれない。雅明は八十を過ぎてますます矍鑠《かくしゃく》としたこの職人の後ろ姿をしばし見据え、片手を暖簾にくぐらせ、優美ともいえるようなしぐさで老人が立ち去るのを見届けた。

それにしても、ショーン、どこでなにしとんねん。迷子？　電車の車両で、なんで迷子になるねん。それとも、だれかあやしい人間に連れて行かれた？　ちゃうちゃう、そんなんとちゃうぞ。降りる駅を間違えた？　いやいや、それもあり得へん、昨日も今朝も同じ駅で乗り降りしとんのに。雅明の疑惑と心配は、調理台に広げてあった「雪見うさぎ大福」用の、真っ白でふっくらとした餅の皮をながめていると徐々に膨れあがり、やがてそれは猛烈な恐怖になった。雅明は一樹が公園から見えなくなったときのことを思い出した。店が休みの日で、雅明は息子たちを家の近くの公園に連れて行った。双子はまだ小さくて、大きな公園の一角にある小さな滑り台や砂場を好んだ。三人でかくれんぼを始めたとき、滑り台の階段の陰に隠れているとばかり思っていた一樹が、どこを捜してもいない。結局は、生け垣の茂みに隠れているうちに、その場で眠り込んでしまっていた一樹を雅明は見つけたのだったが、あのときと全く同じ種類の恐怖が甦《よみがえ》ってきた。たった十分ほどのことだったが、急な吹雪で下山できず、山で遭難しかかったときよりもずっと恐ろしかった。雅明はカウンターに駆けよると、虎のシールが裏面にベッタリ貼り付けてある携帯を手に取った。そのとたん、携帯が鳴り始め、ディスプレイの画面に「まりちゃん」が点滅した。

「ショーン、見つかったんやて！　いま、先生から、連絡あってん。京都駅に、いてやったらしいねん」

茉莉の声はさきほどに比べるとずっと落ち着きを取り戻していたものの、言葉はとぎれとぎれで、湿っぽく詰まっている。

「京都駅!?　なんでそないなとこにおるんや、ショーンは！　アホかー！　ほんまにぃー！」

「そんなん、私かって知らんやん！」

「ほんま頼むでぇ……！　ま、よかった、無事で、見つかって、な、よしよし、ええ子や」

雅明も安堵《あんど》から大きな息がでた。

「私、これから迎えに行ってくるわ。お店、頼みます」

「そうしたり。ほんなら、こっちはカズを迎えに行ってくるわ。あいつ、駅でショーンのこと待っとんねん」

もう、あの子、どうせ上着も着やんと飛びだして行ったんとちゃうのん、風邪ひかんようにさっさと連れて帰ったって、さっきから雪降ってるさかい、と茉莉が返事すると慌ただしい駅の雑音が声の背後から聞こえてきた。

「あ、電車来た。ほな、あとでね」

通話を終えた雅明は、店頭で「雪見うさぎ大福」の残りを数えると、案の定、車の座席に脱ぎっぱなしになっていた一樹のウィンドブレーカーを引っ張り出して、粉雪のちらつく道を足早に駅に向かった。

＊

「すぐに迎えに行くから、そこで待たせてもらいなさい」

ヤマナカ・センセイに電話口でそう言われたので、さっきから小さい部屋の隅っこでじっとしている。センセイに電話をかけてくれた駅員さんが来て、椅子を出してくれたけれど、とても座る気になれない。早く、ここから出たい、それだけだ。ああよかった、センセイが迎えに来てくれるってほっとしたのは五分前までで、いまは、ずーんと滅入《めい》ってきた。ヤマナカ・センセイになんて言おう？　電車で寝てしまいました、トカ？　マスクしてる人と同じくらい寝ている人も多いじゃん、こっちの電車って。でも、それって、あまりにもウソくさい。こっちの人ってすごい、男の人も女の人も、子どもみたいに本気で寝てるし。大勢の中で寝るなんてハズカシイ。大人なのに。それに、あんなふうに下向いて寝てたら、そのあいだに一体なにされるか、わかんないじゃないか。駅で降りるの忘れました、トカ？　それもキビシイなー。だって、もう同じ駅から三回も電車乗ってる。学校のある駅から電車に乗る前に、駅のホームの一番目立つところでホストマザーは待ってくれてるらしいぞ、って、ヤマナカ・センセイにも何回も確認されたし。ひとりで、遊びに来たかった、トカ？　ま、半分本当だけど。でも、それもかなり無理があるよなー。

「ショーン！」

ヤマナカ・センセイが現れた。ミズ・オキャラハンも一緒だった。ヤマナカ・センセイは駅員さんと日本語で話し出した。「スミマセン」ってセンセイが何回も言うのが聞こえた。こっちに来てから気がついたけど「スミマセン」っていっぱい意味がある。「Excuse me《失礼します》」だけじゃない。「Sorry《ごめんなさい》」「Thank you《ありがとう》」のときもある。いま、ヤマナカ・センセイは「スミマセン」って言いながら、何回もお辞儀しているから、あの「スミマセン」っていうのは、三種類全部だと思う。駅の部屋から三人で出ると、ヤマナカ・センセイがおれを振り返った。コラ、どうしてこんなところにいるんだ、説明しなさい、って案の定、怒られた。

「Oh well,《えっと》 I'm《あの》 just…《おれ……》」

本当は、キョートに来てみたかっただけだ。それだけだ。でもキョートに来たって、母さんになんて会えない、それもはじめからわかってた。でも……おれ……！

「ジョーン！　ＯＫ!?」

人と人のあいだをすり抜けて、真っ青な顔をしたオカーチャンが、おれのほうに向かってバタバタ走ってきた。ヤマナカ・センセイがおれを見下ろしたまま言った。ジョーンのことはセンセイが迎えに行って、センセイがそのまま家まで送って行きますと言ったんだけどな、きみのホストマザーはきみのことをとても心配して、わざわざここまで迎えに来てくださったんだよ。

なんで、こうなるんだよぉ！　おれ、ナンに「お世話になるお家に迷惑をかけたり、ワガママ言ったりしちゃいけないよ」って言われたとおり、朝もちゃんと自分で起きてるし、フトンだって半分にたたむし、食事も全部残さず食べてるし（今朝はイタダキマスとゴチソウサマ両方言えた）、おれのソックスは自慢じゃないけど、鼻が曲がりそうになるくらい臭いから洗濯に出してないし、ドアも静かに閉めてるし、双子たちとだって仲良くやってるし、絶対にいい子だって思われてるって思ってたのに……だから、こんな姿、絶対に見られたくなかったのに！　待てよ……！　オカーチャン……泣いちゃってるじゃないか！　I'm so sorry, it's all my fault!《ごめんなさい、おれがぜんぶ悪いんだ》　っておれはオカーチャンがおれたちのところへ来るまで、何回も声に出さずに言った。オカーチャンはおれたちのところへ来ると、すぐにヤマナカ・センセイとミズ・オキャラハンにスミマセン、スミマセン、スミマセン、と「スミマセン」を連発した。それから、おれのほうを振り返って、おれの体のあちこちに触って、さいごに肩をぎゅっと抱くと、今度は「ショーン、ＯＫ？」を連発した。自分の首のマフラーを外して、おれの首に巻きつけた。

なにか言うことがあるだろう？　ってヤマナカ・センセイがおれに目配せした。

おれは目の前のオカーチャンをじっと見た。オカーチャンは、すっげえ優しい目で見つめ返してくれる。

「オカーチャン……」

ショーン、ＯＫ。ＯＫ、ショーン。オカーチャンはそうつぶやくと、ふわりとおれを抱きしめてくれた。さっきの白いものみたいにすばやくて、軽くて、でも冷たくなくって、あんまりあったかくて、目からポタポタ涙が落ちた。キラキラが、おれの瞼と睫《まつげ》の先をかすめていった。

「ホホホ！　とにかく無事でよかったわ！」

ミズ・オキャラハンの声が後ろから聞こえた。これもいい記念になるわとか言いながら、バッグからカメラを出すと、大泣きのオカーチャンと半泣きのおれの写真をパチパチ撮った。おいおい、こんなもん撮るかー！　って思ったけど、オカーチャンも嬉しそうに笑いはじめたし、おれもやけくそって感じで笑った。ミズ・オキャラハンも満足そうに、デジカメの画面で写したばかりの写真を見ながら言った。あらまあ、我ながらよく撮れてるじゃないの……私って才能ある？　これ、クラウド・アルバムにアップさせてもらうわね、ホホホ！

――Not a good idea at all《ぜったいにやめてください》, Ms. O'Callaghan《ミズ・オキャラハン》, PLEASE《お願いします》.

おれは涙をひっこめて、ミズ・オキャラハンに即答した。

＊

さっきから、すごく、ものすごく、ものすっごく、おいしそうなニオイがしている。カズに訊いたら、「カレー」って言った。ハハン、Ｃｕｒｒｙのことか。おれはてっきりタイのグリーン・カレーみたいなやつだと思っていた。あれから、オカーチャンとうちに帰ると、カズとユウが待ちかまえていて、いきなり抱きつかれた。そのあと、夕食の用意を始めたオカーチャンを双子が手伝いはじめて、ニンジンとジャガイモの皮をピーラーで剝いた。おれはタマネギの皮を剝く係になった。これでいいって思うところでやめて、オカーチャンに渡したら、オカーチャンは「ショーン、ＯＫ！」って特大の笑顔で褒めてくれた。オトーチャンは家に帰ってくるとすぐ、ショーン、ショーン！　って大声でおれを呼びながら、おれのところにやってきた。おれの目の前に仁王立ちになって、おれの顔をジロジロ眺めると、でっかい手でおれの頭を撫でてくれた。そして、テーブルの上にあった新聞に手を伸ばすと、昨日の朝と同じように丸めて、ニャッと笑った。「アー・ユー・A・ho?」って言って、バレリーナみたいにその場でくるくる回ると突然止まって、おれの頭をパッコン！　とやった。カズとユウが大笑いして、「オー・イエー！　アイ・アム・A・ho！　ユー・アー・A・ho！」って叫びながら、大喜びで走り回って、オトーチャンの腕につかまった。思い切って、おれも双子のマネしてオトーチャンの腕につかまった。太くて固い腕だった。オトーチャンは最初にカズとユウをポカポカやって、片腕にひとりずつ抱えるとリビングのソファーに放り投げた。ギャー！　ってふたりが叫ぶ声が聞こえたと思ったら、こんどはおれをポカポカやって、両腕でおれを抱えて振り回し、息をきらせながら「アー・ユー・A・ho?」ってもう一度おれの顔を覗き込んで、大笑いした。双子も床に転がって大笑いしているのが見えた。おれも笑いすぎて息がとまりそうになった。（ところで、「A・ho」ってなんのことだ？）

騒ぎがおさまると、オトーチャンはオカーチャンのとなりでチキンを切って、炒《いた》めはじめた。おれたちが皮を剝いたり切ったりした野菜を、オカーチャンが鍋に入れはじめた。そうしているあいだに、カズとユウに引っ張って行かれて、三人で風呂に入った。ふたりともおれの裸を一瞬眺めたけど、お互い同じモノが同じ場所についてるってわかったあとは、おれも、べつに裸とかどうでもよくなって、大きなレイドル《おたま》みたいなものでお湯のかけあいっこした。そのうち、レイドルの取りあいになって、またユウが泣いたので、おれは先に出てきた。カズしかユウを泣き止ませられるやつはいない。それで、パジャマに着替えてリビングに戻ったら、この、たまらなく、おいしそうな、もう待ちきれない、ニオイ、だ！

オカーチャンがライス・クッカー《炊飯器》をあけて米をお皿に載せていた。あー、また米、ってガッカリした。カレーなんだから、平べったいカレーをつけて食べるパンが出るんだとばかり思っていたのに。白い米の上から、グリーンじゃなくって、黄色いカレーをかけてもらう。カズとユウなんかは、オカーチャンからレイドルを取り上げて（こんどはその小さなレイドルの取りあいになった）、自分でたっぷりかけていた。ウソだろ、あんなに食べられるのか、ってビックリしたけど、実は、その倍の量、おれは食べてしまった。いくら食べても食べても食べ飽きないくらいだ。米だって、このカレーと一緒だと、なんなく食べられるし、たぶん米がないと日本のカレーって食べられない。ナンのローストもおいしいけど、あれはナンが作るからおいしい。このカレーも家族全員で作ったからおいしいのはもちろんだけど、それを差し引いたって、こんなにおいしいもの食べたことない！　オカーチャンも、ショーン、ＯＫ？って、いちいち訊かない。おれを見ていたら、そんなの、訊かなくてもわかるんだろうな。ボディ・ランゲージって、隠し事できねえ。

「コレ、オイシイ、トテモ、オイシイ、コレ、トテモ、トテモ、オイシイ、デス。ゴチソウサマ。アリガトウ」
あんまりおいしかったんで、オイシイもゴチソウサマもアリガトウも、なにがなんでも絶対に言わなきゃ、って思った。オトーチャンもオカーチャンもカズもユウも、ミヤモト・ファミリーみんな揃って、とっても嬉しそうだった。みんなおれを見てニコニコしている。みんなの嬉しそうな顔見ていると、こっちまで嬉しくなってくる。この三日間、学校でもちょこちょこ日本語を喋ったけど、だれもこんな顔してくれなかったし。おれもできなかったし。日本語で喋っているっていうより、日本語の会話練習させられてる、って感じがしていた。でも、おれが下手でも日本語でこう言っただけで、みんなこんなに喜んでくれる。もっと日本語喋ってみたい、って、おれはこのとき初めて思った。

その夜は、フトンの横にパックアップしたスーツケースを置いたまま寝る。明日は朝早く学校に集合することになっている。今日は、いろいろあった。なんか疲れた。目を閉じると、すぐに眠くなる。ほとんど眠りそうになっていたときに、双子のどちらかがおれの腕を引っ張った。カム、ショーン、マイ・ベッド、としきりに言っている。おれは眠くて眠くて体が起き上がらない。グズグズ泣き声が聞こえてきたので、ああ、ユウだな、昨日カズと寝たから、今日はユウの番ってことだな、めんどい、ああー、もう寝かせてくれー、って腹立った。腹立ったけど、おれはいままで、こんなふうに年下の子に懐かれたことがないので、なんかものすごくユウがかわいくなって、無理やり起き上がって、二段ベッドの下の段でユウと一緒に寝る。でも、いちど目が覚めてしまったら眠れなくなった。

天井には星のシールが光っていた。大きい星、小さい星、中くらいの星。大きさは違っても、みんなおなじ明るさで光っていた。暗闇で目を開けて、それをひとつずつ数える。羊を数えるみたいに、そのうち眠れるだろって期待してたのに、星は全部で三十五個しかなかった。大きい四つを見えない糸で結んでみた。十字が浮かび上がる。南十字星《サザンクロス》だ。いや、ここは日本なんだから、北十字星《ノーザンクロス》？　でも、おれにはサザンクロスに見えるっていうか、サザンクロスの方が親しみがあるっていうか……やっぱ、サザンクロスがいいな。この夏は、父さんにサザンクロスの見つけ方を教えてもらった。最初は、空を見上げたままずっと探してもなかなか見つけられなくて、首が痛くなった。近くにある「にせ十字」と間違えないようになるまで、何日もかかった。いまは、どこからでも、すぐに指させる。父さん、もうフライトが終わって家に帰ってきてるかな……。帰ったら、一緒にテニスしてもらうんだ。父さんがまだ帰ってないとしたら、ナン、家でひとりで留守番だ。だったら、いまごろは、また例のぬるいバスタブに浸かっているかもしれない。夏でもナンの手足は氷みたいに冷たいんだ。ごめん、ナン、おれだけ、あったかいバスタブに浸かってしまった。ご飯だって、ナンのことだから、たぶんトーストに缶詰のベイクト・ビーンズ載せただけのやつで済ませてるんだ。おれは、あんなにおいしいカレーを何皿も食べた。おれだけ、こんなにいい思いさせてもらってる。でも、おれだけ楽しくっても、ぜんぜん楽しくない。ナンにもあったかいお湯がたっぷりのお風呂に入れてやりたい、おいしいカレー食べさせてやりたい、おれだけなんてイヤだ！　もう明日のキョート観光も、あさってのエイガムラだってどうでもいい。……もう帰りたい。早く帰りたい。オーストラリアに、家に、帰りたい！　おれは枕に顔を埋めた。

「ショーン……」

眠っているとばかり思っていたユウが、声をかけてきた。

「ショーン……」

上からも同じ声がエコーするみたいに降ってくる。ショーン、アー・ユー・オーケー？ってユウが英語で訊く。カズもショーン、アー・ユー・オーライト？って訊いた。英語で訊かれても、日本語で訊かれても、たぶん、何語で訊かれても、おれは答えられなかった。部屋の明かりがついた。ナサケナイやつに見えないように、おれは毛布にもぐりこんだ。ショーン、ショーン、ショーン、ってカズの、ユウの、呼び声がくぐもって聞こえたけれど、やっぱり返事できない。

「ショーン、ＯＫ？」

今度はオカーチャンの声が毛布の向こう側でした。すぐそばにいる。毛布の上からそっとおれの背中を撫でてくれた。そのとたん、わあああーーっと、目と喉《のど》の奥からまた自分が溢れ出した。オカーチャンはショーン、ＯＫ？　って言いながら、ずっとおれの体をさすってくれている。そうしてもらっていたら、震えがちょっとおさまってきた。ショーン、ヤマナカ・センセイ？　ってオカーチャンが訊く。いま、ヤマナカ・センセイなんて絶対に、「Ｎｏ！」。ヤマナカ・センセイには昼間もナサケナイところ見られてる。つぎに、たぶんユウが、ショーン、シック《病気》？　って訊いたので、こっちも「Ｎｏ」って返事する。ショーン、ハングリー《お腹へった》？　これは、たぶん、カズ。あんなにカレー食べたのに、お腹はすいている。

「……Ｙｅｓ」

「ＯＫ、ショーン！」

オトーチャン、いたのか！　オトーチャンの声にビックリして、がばっと起き上がった。オトーチャンはオカーチャン、カズ、ユウに向かって何か言った。カズとユウがパジャマの上から上着を着た。キャーキャー大喜びしている。おれにも着るようにって、オトーチャンがスーツケースの上にかけてあったおれのジャケットを持ってきた。

「ＯＫ、レッツ・ゴー！」

オカーチャンがあきれた顔でおれたちを見た。オカーチャンを家に残したまま、車に乗り込む。寒くて歯がガチガチ鳴った。どこ行くんだろ、って不思議に思っていたら、すぐ近くのセブン－イレブンみたいなお店だった。お店からは真っ白い蛍光灯の光が真っ黒いアスファルトの地面に流れ出て、昼間みたいな明るさだった。お店に入ると、オトーチャンはインスタントでできるヌードルを五個、それから、ビール、カズとユウはお菓子をひとつずつ買ってもらった。おれも、ひとつ、買ってもらった。袋にレモンのもようがついているだけで、どんなお菓子なのかは謎だった。カズがそれを見て、口をすぼめて眉《まゆ》を寄せた。ヘンな顔だったので、思わず笑ってしまった。

家に帰ると、オカーチャンがお湯を沸かしてくれていた。リビングのソファーの前にあるコーヒー・テーブルの上にチョップスティックが置いてある。フォークとかナイフとちがって、日本のチョップスティックは持ち主が決まっている。黒で太いのがオトーチャンの。赤くてつるつるしているのがオカーチャンの。短くて青いのがカズ、短くて黄色いのがユウ。おれは中くらいの長さで茶色のやつを手に取った。Myチョップスティック。ソファーがあるのに、みんな、カーペットの上にお尻をつけてベタンと床に座る。なんでソファーに座らないんだろう？　とにかく、この時間に、なんでこうなるのか、わけわかんねえって、可笑《おか》しかった。五つのカップ入りインスタント・ヌードルにオカーチャンがお湯を注いだ。湯気が立って、部屋の中が一気にあったかくなった。オトーチャンが携帯のタイマーを3：00にあわせた。おれがいつも家で食べてるやつは『ツー・ミニッツ・ヌードル』のチキン味で、二分間。二分は長いだけだけど、三分となると待ちきれない。ピピピ！　タイマーがなると同時に、みんなで蓋をめくって、頭を寄せ合って食べはじめる。オトーチャンがズズズズズッ！　ってヌードルをすすりはじめた。綾青のスクール・ランチでも気がついたんだけど、こっちの人、ヌードル食べるときスゴイ音たてる。キーラなんかは、ランチ・タイム中あの音が気になって仕方なくて、食べた気がしなかったって文句言ってた。このときも、カズもユウも、オカーチャンまで、ズズズズズズッ！　ってやってた。うちのナンがこれ聞いたら、お行儀が悪いって即怒ると思う。でも、ここではだれもなにも言わない。だから、おれもちょっと真似してみたけれど、あんなふうに大きな音を立てられなくて、ヌードルをスープごと呑みこんでしまった。げっ！　すげえ熱い！　こんな熱いもん、なんでこんな大きな音だして食べられるんだよ！　そうしているうちに、体中ほかほかしてきた。

「コレハ、ナンデスカ？」

日本語で訊いてみると、「ウドン」、ってオカーチャンが返事してくれた。Ｕｄｏｎなら向こうのスーパー・マーケットでも売っている。でも、おれの知ってるのはこんな水浸しのやつじゃない。お湯のなかに、茶色いスポンジみたいなのが入っていた。歯でかみ切るのが大変だった。それから、買ってもらったお菓子も食べた。口の中が爆発しそうなくらい、酸っぱかった。カズのもユウのも食べさせてもらった。カズのはイチゴ味のプレッツェルみたいで、ユウのはスナック菓子だったけど、味がまたカレーだった。日本人って、本当にインド料理が好きなんだな。ビールを飲みながらオトーチャンが、テーブルの上にあった新聞を切って、紙飛行機《ペーパー・プレイン》を作ってくれた。頭のところがまっすぐの、ハンマーヘッド・シャーク《シュモクザメ》みたいな形したやつ。こんな形、見たことない。カズもユウもオトーチャンの真似をして作っている。おれもオトーチャンに教えてもらって作った。そのうち、オカーチャンがちゃんとした白い紙をどこからか探してきてくれた。今度はその紙で作る。オトーチャンに教わったとおり、最後に頭の先を折り曲げて、まっすぐで丈夫そうな羽を二枚、しっかりと伸ばす。

「ショーン、ベリーグッド」

オトーチャンが飛ばし方を教えてくれる。折り曲げた頭の先が重そうで、ちゃんと飛ぶかなってちょっと心配になった。でも、すっごく丈夫そうだ。おれは、その場でひらめいたままの名前をつけた。White Falcon《ホワイト・ファルコン》。部屋の中で飛ばしたら、すぐに壁にぶつかってしまった。オカーチャンが庭のある廊下のガラスのドアを開けてくれた。さっき車でお店に行ったときはあんまり気がつかなかったけれど、外は全体があの綿のようなものにうっすらと包まれていた。地面も、小さな植木も、塀も、なにもかもふんわりした白に抱かれて、静まりかえっている。

「ワン、ツー、スリー！」

カズが紙飛行機を庭に向かって飛ばした。ユウのも、そのあとに続いた。パイロットのいない飛行機は白い目的地に向かって翼をはためかせた。父さんが言っていた。鳥が飛ぶのは鳥が飛ぼうとするからだ、飛行機が飛ぶのはパイロットが飛ぼうとするからだって。おれとおれの飛行機は夜空を見上げている。いつだって、飛びたいと思ってた。でも、もう、母さんがいる国じゃなくたっていい。ここより、もっと遠くへ！

「イチ、ニ、サン！」

白いハヤブサはふわりとまっすぐに舞い上がって、塀を乗り越え庭を飛びだしていき、頭から胸、肩、体、そして翼と、その向こうの景色に溶けた。

＊

集合場所の学校の正門前には、人が集まりだしていた。空は晴れ渡っていた。あの白いものはもうほとんどなくなってしまった。綾青の校舎と窓ガラスが水洗いしたみたいにピカピカしていた。昨日みんなでプレイしたバスケットのゴールネットには水滴が光っていた。ひとり、またひとりとローランド・ベイの生徒が現れるたびに、正門前に並べられたスーツケースがひとつずつ増えていく。おれもスーツケースを置きに行った。見送りの人たちのあいだにまぎれて、タイセイやトウマ、ユイカ、ミサキ、レンとジュンヤたちがいた。タイセイとトウマのふたりは、おれの顔を見るなり、「ショーン！」って近寄ってきた。バスケのボールを持っていた。タイセイがペンを差し出して、「サイン、プリーズ」。署名する？　ああ、オートグラフのことか。Shaun Power って英語で書いて、その上にショーン・パワーってカタカナで書いた。それ、いいな！　ぼくにもやらせて！　ってローガンが割り込んできた。結局、ローランド・ベイの生徒全員がバスケットボールに英語と日本語で名前を書いた。おれたちも、綾青の子たちのオートグラフもらおうぜってことになり、「ジャパン・トリップ・ジャーナル」にそれぞれ名前を書いてもらうことにした。名前の横にメアドとスカイプ・ネームを付け加えてくれる子もいた。綾青の子たちは、ほとんどがアルファベットで自分たちの名前を書いた。ジュンヤだけが漢字で「潤也《じゅんや》」。ジュンヤみたいにキリッとして見えた。

「ショーン、見てくれよ！　ホストからこんなのもらったんだ！」

リヴァイは自分のスーツケースをわざわざ開けて、何か大きな箱を取りだした。箱を開けると、あの沢山穴が開いた「タコヤキ」を作る新品のホットプレートが出てきた。すげえじゃん、っておれが目を瞠《みは》ると、タコヤキ作る粉も道具も変圧器もくれたんだぜ、なあ、帰ったら、おれんちでタコヤキ・パーティーしようぜ、って大興奮していた。リヴァイの話によると、昨日の夜もリヴァイはホストにタコヤキを作ってもらったらしい。タコはもう全然平気だし、エビも大丈夫だったし、ネギを入れたらもっとおいしかった、ということだった。キーラもやってきて、こんなことしてくれるなんて、すごくいい人たちだね、ってリヴァイのタコヤキ・プレートに驚いていた。キーラもホストからお土産もらったんだって言って、見せてくれた。でっかい絵本だった。広げてみると全部ひらがなで書いてあった。サルとカニの絵がいっぱいあった。どうしてこんな子どもの絵本くれるのかしら、子どもの本しか読めないって思われたのかしら、ねえ、私ってそんなにバカっぽく見える？　ってしかめ面した。おまえがバカっぽく見えるんだったら、おれたちどーすんだよ、ってリヴァイとおれは大笑いした。これももらったんだ、ってキーラは小さなポーチも見せてくれた。ビーズがいっぱいついていて、ちょっと大人っぽいやつ。

「見て、すっごくカワイイでしょ！　きのう、ショッピングに連れて行ってもらったとき、ホストマザーとミサキがプレゼントしてくれたんだ！　ウフフ！　何いれよっかなー！」

キーラはその場でうさぎみたいにぴょこんと跳んだ。女子が言う「カワイイ」って、おれ全然わかんないけど、たぶん、あんなのオーストラリアでもいくらでも売ってると思う。でも、キーラはめちゃめちゃ嬉しそうだった。こいつ、ちょっとしたことでも文句言ってうるさいやつだなってずっと思ってたけど、こんなちょっとしたプレゼントでも、こんなふうにガキみたいに大喜びするんだって、なんか、こっちまでハッピーになった。リヴァイも、よかったなぁ、キーラ、って自分のタコヤキ・プレートを大切そうにしまいながら、キーラに声をかけた。ニックがやってきて、ショーン、これ、どう思う？　ってちょっと恥ずかしそうな顔をした。小さな箱の中に、ピンク色の小さい靴が入っていた。たぶん、最近、韓国からやって来た妹へのお土産だ。ニックは小さい頃、生まれ故郷のフィリピンからオーストラリアの今の家族に引き取られた。最初、あれがニックのお父さんお母さん？　ウソだろ、なんで？　ニックと全然似てないじゃん！　って思ったけど、いまはニックのお父さんお母さんっていうと、あのお父さんとお母さんしか思い浮かばない。セリーヌ、セリーヌって、ニックはちいさい妹のことをものすごくかわいがっている。妹のほうも、毎日学校にお母さんと一緒にニックを迎えに来ていて、ニックに飛びついてくる。セリーヌもニックに全然似ていないけれど、ニックの妹っていうと、セリーヌしか考えられない。いいじゃん、セリーヌに似合いそうじゃん、っておれが褒めると、キーラがおれのとなりから箱を覗き込んで、キャー！　カワイイ！　ってまた叫んだ。キーラにそう言われて安心したのか、妹のなんだ、ホストファミリーに靴屋さんに連れて行ってもらったんだ、日本の靴屋ってすごいぞ、どんなブランドだって揃ってる、ってニックは満足そうに箱の蓋をしめた。ニック、自分の靴買わなかったのか？　あんなに楽しみにしてたじゃん、っておれが訊くと、これ買ったらお金なくなっちゃって……、でも、ホストファミリーがプレゼントしてくれて……、ってモジモジしたあと、もう一つの箱を開けて見せてくれた。そこには、金色のつま先で、赤い稲妻模様の入った超クールな靴が入っていた。こんなすごいの、見たことない。ニックは、日本で人気のブランドなんだってさ、レンもお揃いのやつ買ってもらったんだ、レンって本当にいいやつなんだぜ、おれたち、ずっとこれからも兄弟でいようなって約束したんだ。ニックは買ってもらった靴を箱にしまいながら、新しい靴よりも新しい兄弟のことを自慢し出した。

「ショーンはなにかもらったの？」

キーラに訊かれて、おれは、お菓子もらった、って言った。どんなお菓子、って訊かれて返事に困った。あれって、説明できるようなもんじゃないんだよなー、しかもまた

「オマンジュー」だったらどうしよう？　タコヤキ・プレートとか絵本とかポーチとか、記念になるもののほうがよかったかも。でも、ユウが、「コレ、オイシイ、ボク、ダイスキ、ノー、アンコ」って言うので、せっかくだからもらっておいた。

「これ、触ってみろよ」

おれはポケットに入れてあった新しい「Ｈｏｋｋａ・Ｈｏｋａ」を出して見せた。オカーチャンにきのうのやつを返したら、朝、出がけに箱から新しいのを出してきてくれた。古いやつはゴミ箱に入れた。それから箱に残ってた分をぜんぶ、おれのスーツケースに詰めてくれた。

「うわあ！　なに、これ？　すごくあったかいね！」

「どこにスイッチあるんだ？」

ふたりが目を丸くして驚いたので、ちょっと鼻が高かった。帰ったら、オカーチャンにもらった分を全部ナンにあげるって、もう決めてる。膝が痛いときにちょうどいいんじゃねえかな。ナン、待ってろよ、おれ、もうすぐ帰るから……！

「さあ、子どもたち、集まって！　写真を撮りましょう！」

ミズ・オキャラハンがおれたちを呼びながら手招きした。手のひらは空に向かって広げられている。ミズ・オキャラハンはやっぱりオーストラリアの人だ。ジュンヤと肩を組んだり、タイセイとトウマとおれのトリオのとか、いろいろ撮ってもらったあと、ミズ・オキャラハンはおれたち全員の集合写真を撮るために、正門前にみんなを並ばせた。

「撮りますよ！　ハーイ、笑って！　Ｐａｙｄａｙ《給料日》！」

おれたちはポカンとカメラのレンズを見つめた。……ホホホ！　あら、子どもたちにはイマイチつまんなかったわね。こっちじゃ、こういうときなんて言うのかしら？　ミズ・オキャラハンがブツブツ英語で言うと、ユイカが手をあげた。

「イチタスイチハ　ニィー！」

　早口の日本語で何言ってるのかわかんないので、おれたちはまだぽかんとしていたけど、綾青の子たちは、最後の「ニィー」って伸ばすところで笑った。「ｋｎｅｅ《ニー》」って言ってるみたいね！　ハイリーが言った。スキーに行ってきたせいか、顔が赤くなって痛そうだった。ミス・ウォーターハウスがミズ・オキャラハンのとなりで英語で説明しだした。

「あら、そうなの！　ホホホ！　じゃ、それでいきましょ！　綾青の子どもたちは数字の２、ローランド・ベイはｋｎｅｅ！　さあ、お互いもっと近くに寄ってちょうだいな！　撮りますよ！　ビッグ・スマイル！」

　イチタスイチハ！

　ニィー！

ＫＮＥＥ！

おれたちのスーパー・スマイルは伝染して、カメラの向こう側でおれたちを見ていたホストファミリーたちもいっせいに口元を横一文字に伸ばした。拍手が起こった。オトーチャンとオカーチャンと立ち話していたヤマナカ・センセイがこちらに向かってくるのが見えた。

「バスが来たようね」

ミズ・オキャラハンが正門を越えて、道路に停まったバスに合図を送った。

*

「宮本さん、このたびは、ショーンを預かって戴《いただ》いて、本当にありがとうございました」

「いえいえ、たいしたことは何もしておりません。もっと、いろいろとショーンと一緒にできればよかったんですが……ショーンが楽しんでくれたかどうか」

雅明は引率の山中光太朗《こうたろう》にそう答えて、お辞儀をした。特別なことを何もしていないというのは謙遜《けんそん》ではなく、まったくの事実である。茉莉も夫のとなりで深々とお辞儀をした。先刻、他のホストファミリーと言葉を交わしたところによると、やはり昨日の土曜日はどこも、小さな客人をどこかへ遊びに連れて行くなり、ごちそうを用意したりした様子だった。おい、うちだけか、夜中にコンビニのうどんなんか食わせたのは？　と雅明が引率教諭との会話の合間に茉莉に耳打ちした。どうやら、そうらしいわね、と茉莉も苦笑した。

「先日も申し上げました通り、日本の普段通りの生活を体験させるのが今回のホームステイの目的ですので、どうぞ、そんなふうにおっしゃらないでください。ショーンもさぞ楽しかったことでしょう。それにしても、昨日はたいへんご心配をおかけしました。まさか、あのショーンが、あんなふうに迷子になるとは思いませんでした」

山中がしばし沈黙した後、茉莉が言った。

「ショーン、ほんとうにしっかりした子です。年齢のわりに、とてもよく気がついて。お手伝いもしてくれるし、息子たちの相手もよくしてくれて、まるでお兄ちゃんみたいでした。日本語も上手で。昨日は、私がよけいな心配をしただけです」

茉莉はそう言いながら、しんみりとしてきた。あんなにしっかりしているように見えるのに、駅に迎えに行ったときには、あんなふうにうなだれていた。昨夜は、幼子のように泣きじゃくっていた。コンビニに行ったり、うどんを食べたり、紙飛行機を飛ばしたりしているうちに気が紛れた様子だったが、その後、「今夜はみんなで一緒に寝たい」と息子たちが甘えた声を出したので、真夜中近くに大騒ぎしながら、リビングに五人分の布団を敷きつめた。そうして、一緒の寝間で彼の寝顔を見ていると、その静かな寝息からあの哀しい歌が聞こえる気がしてならず、茉莉はショーンに寄り添うようにして寝た。

　山中が少し迷ったふうに口を半開きにし、声にした。

「あの年齢の男の子としては落ち着きがありましてね。冷静沈着、とでも申しましょうか。つっぱったところもあるのですが、ああ見えて、ショーンはたいへんなおばあちゃん子でしてね」

　おばあちゃん子、と茉莉は山中の言葉を小さく繰り返した。プロフィール書の、お母さんの名前の欄にはたしか……、と雅明が言うと、あれはおばあ様のお名前でしてね、と山中は小さな声で答えた。そうなんです、ショーンのお家はお母さんがいなくて、シショーンはおばあちゃんに育てられましてね、お父さんも仕事柄、留守が多くて。ですので、宮本さんのところでの普段通りの三日間、家族の一員として過ごすことができたというのは、彼にとってたいへん有意義なことだったかと思います。先生も子どもたちの引率はたいへんですね、あちらはもう長いんですか、との雅明の問いに山中は、縁あってオーストラリアは八年、ローランド・ベイで教えて五年になると答え、一礼すると夫婦のもとを離れていった。

　山中が立ち去った後も、茉莉はしばらく黙ったままだった。そのうちに、この三日のショーンの記憶が甦ってきた。双子たちを見るときの、あの羨望《せんぼう》にみちた視線。肢体は少年らしくほっそりと軽やかだったが、足取りは一歩一歩慎重だ。その透明の皮膚の下には、するどい洞察力の襞《ひだ》が無数の皺のように張り巡らされており、表情を臈長《ろうた》けたものにしていた。おばあちゃん子、の一言で、ショーンという子どもについて、なにもかもが説明のつくことのように茉莉には思えてきた。

「そうやったん、ショーン」

ふたたび黙り込んでしまった茉莉の顔を雅明は覗き込んだ。正門前では、子どもたちが集められて、集合写真を撮る様子だった。ショーンは両どなりの子どもと肩を組み、ニコニコしている。今朝、家を出るとき、ショーンは雅明と茉莉にむかって、いつも双子たちが登校時に自分たちにむかって言う言葉をそっくりそのまま口にしたのだった。オトーチャン、オカーチャン、イッテ、キマス。茉莉もつられて、ショーン、気ぃつけて、と返事した。

「そんな顔したらあかん。オカーチャンがそんな顔したら、ショーン、困りよるぞ」

うん、と茉莉は返事して、冬晴れの空を見上げた。樹木が最も美しいのは、冬。葉を落とした木立の幹は灰色に乾燥しているものの、朝陽を背に黒々と輝いている。ひとりきりで立っているようでも、地面の下に深い根を張り、その先端は遠くの木立に向けて長く伸び、わずかながらでも触れあっているのかもしれない。

「今日はええ天気や、このおひさんやったら、金閣寺《きんかくじ》もきれいに見えるやろ」

雅明が眩しそうに手をかざし、離れたところにいたショーンを見やった。茉莉も片手をかざし、正門前で並んでいる子どもたちを見た。一樹と祐樹は最前列にしゃがみこんで、揃いのピースサインを送っている。母親の茉莉にはふたりの性格の違いはよくわかっているつもりだが、ああやって揃いの上着を着て、揃いのポーズをとると、いまだにどちらがどちらかわからなくなることがある。あの口をとがらせて泣きたいのをガマンしている左側がユウ、と茉莉は踏んだ。カメラを構えられると、子どもたちはそれまでのわいわいがやがやを一瞬呑み込んだ。雅明と茉莉に気づいたショーンが、ふたりに向かって笑いかけた。

「1たす1は、2！」

ほっそりした黒髪の少年は、茉莉の目前で一本の冬木立となり、足下に濃い影を伸ばしながら、いっそう輝きを増した。

*

バスが正門の前に着いた。ヤマナカ・センセイがおれたちに整列するように指示したあと、ホストファミリーに向かって日本語で挨拶した。次にミズ・オキャラハンが英語で挨拶して、それをヤマナカ・センセイが日本語に直していた。綾青の校長先生もいた。ミス・ウォーターハウスが、おれたちに、また会いましょう、と声をかけてくれた。気がついたら、たくさんの人が正門前に集まっていた。こんなにいたのか。みんな、おれたちをじっと見ている。こっちに来るまでは、日本人の子どもって一体どんなだろうって思ってた。でも、いまは日本の子たちっていうより、綾青の子たち、っていうか。このなかには、喋ったり遊んだりしなかった子たちもいたけど、向こうに帰ったら、今度はスカイプとかで気軽に喋れると思う。だって、もうこうやって、会ってるんだし。どんな学校行って、どんな教室で勉強して、どんなランチ食べてるのかも知ってるし。バスのドライバーのおじさんは運転席を降りて、並べてあったスーツケースをひとつずつバスに載せはじめた。ヤマナカ・センセイは挨拶をおえると、おれたちに向かって言った。

「じゃあ、みんな、出発だ。その前に、きみたちの日本の家族にさよならを言っておいで」

　リヴァイ、ローガン、キーラ、ジョジーナ、シャンテル、ハイリー、ニック、イーターン。みんな小走りに、まっすぐに散って行った。おれだけ、動けない。これが終わったら、シンカンセンに乗ってエイガムラで遊んで、また飛行機に乗って、家に帰れるんだ。ジャケットのポケットに両手を突っ込んだまま、ゆっくりミヤモト・ファミリーに近づいていった。お礼を言わなくっちゃならない。ナンにいつも言われている。つまらないことはべらべら喋らないでいいから、お礼はちゃんと言うこと。ポケットの中のＨｏｋｋａ・Ｈｏｋａは、今朝、新しいのをもらったところで、まだまだあったかい。日本の冬ってこんなに寒いのに、あの家はずっとあったかかったな。昨日の夜だってそうだ。ペーパー・プレインを飛ばしたあと、リビングにフトンをセットしてもらって、家族全員で一緒に寝た。小さな部屋で五人もぎゅう詰めになって寝たせいか、ヒーターなしでも、ものすごくあったかかった。フトンのなかで、オトーチャンもオカーチャンもカズもユウも、それからおれも、クスクス笑いが止まらなくって、一体いつ眠ったのか覚えていない。なるべくゆっくり歩いたつもりが、もう目の前にミヤモト・ファミリーがいた。

「ショーン……」

ユウ。この三日間だけでも、こいつの泣いた顔、いったい何回見たか、もうわかんね。でも、おっちょこちょいのカズのめんどうを見られるのは、こいつしかいない。ユウ、ジャ、マタ、っておれが声をかけると、イエス、オーケー、ショーン、って、片手で涙をぬぐったあと、ちゃんとこたえが返ってきた。

「ショーン、カム・バック、ジャパン」

オトーチャンが手を差し出した。

「アリガトウ、ゴザイマス」

おれも自分の手を差し出した。年上の人には丁寧な言葉を使うようにヤマナカ・センセイに言われてたし、何回も練習させられてたのに、できなかった。この三日間、アリガトウって言うだけで精一杯だった。でも、このときは、ちゃんとゴザイマスをつけた。オトーチャンの手をしっかり握ると、オトーチャンはそのままおれをがっちりと胸に抱き寄せて、もう片方の手でおれの肩をポン、と叩いてくれた。でっかくて、あったかい手だった。

「ショーン、OK?」

オカーチャンが、昨日と同じように自分の赤いマフラーを首からはずして、おれの首にかけてくれる。I'm fine, this is yours.《おれ大丈夫、これオカーチャンの》って言って返そうとすると、オカーチャン、OK、ってオカーチャンはコートの襟を立てた。

「アリガトウ、ゴザイマス」

おれがそう言うなり、オカーチャンが昨日と同じようにポロポロ涙をこぼしたので、あ、おれ、また余計なことした、ってどうしたらいいのかわかんなくなった。ショーン、OK。OK、ショーン。オカーチャンは繰り返している。おれはオカーチャンの前で立ち尽くした。オカーチャンにキスとかハグをしたいなあって思ったけど、どうやら、キスもハグも日本の人はしないらしい。でも、それでよかった。正直、助かった。だって、おれも、一歩でも動いたら、また自分が溢れ出してしまいそうだったから。

「カズ」

さっきからカズはおれをじっと見つめたまま、黙っている。体を硬くして、両方の手は握り拳《こぶし》を作っていた。おれに呼ばれて、口元がちょっと震えた。そこから小さな白い息があがっている。この三日間、ユウと違って、カズの泣いた顔は見たことがない。おれは片手を上げると、カズとハイファイブした。

「アリガトウ、カズ」

ギリギリまでがんばったけど、最後はそれを言うのが精一杯で、おれはその場を駆け出すと、バスに飛び乗った。

バスの中では、女子の泣き声がそこらじゅうでしていた。男子も窓の外を見たまま、黙り込んでいる。ローガンだけが窓から手を振って、大声でホストファミリーの名前を叫んでいた。こういうハズカシイやつだけには、絶対なりたくない。ローガンの目と鼻はぐしゃぐしゃに濡れている。こういうナサケナイのも、いやだ。ローガンのそばを通り過ぎ、窓際の席に座って、ミヤモト・ファミリーを探す。窓の下を見下ろすと、朝陽の海のなかで、手という手がカンガルー・ポウのように幾重にも揺れていた。それぞれの指先からは朝陽のしぶきが飛んで来た。バスが動き出した。Ｇｏｏｄｂｙｅ！　サヨウナラ！　マタネ！　みんな立ち上がって、ホストファミリーに手を振り返す。ジョシーナが、マタ、キマス！　I'll see you then!　って窓の外に向かって叫ぶのが聞こえた。イータンも、アリガトウ！　って必死に手を振っていた。自分がこぼれはじめた。

おれは座席に座り込んだまま、下を向いた。おれは、さっきちゃんと挨拶したんだ、お礼も言ったんだ……！

「ショーン！」

とつぜん、窓の外からおれを呼ぶオトーチャンの声が聞こえた。窓の外を覗いてみると、さっきと同じ場所で、おれにむかって手を振っている。オトーチャンの大声に、みんなビックリして振り返っている。……Ｍｙオトーチャン！

「オトーチャン！」

おれは思わず立ち上がって、窓の外に向かって返事した。着いた日もそうだった。オトーチャンが大声でおれの名前を呼んでくれた。オトーチャンの傍にはオカーチャンもいた。手を振るたび、立ててあったコートの襟がペラペラ倒れて、寒そうな首元が見えた。

「オカーチャン！」

Ｍｙオカーチャン……！　溢れだした自分を捕まえておくために、おれは大声で叫ぶしかなかった。バスのなかにいた全員が、一瞬手を振るのをやめて、おれのことをじっと見てるのがわかったけど、あのローガンまでがぽかんとした顔をしておれを見ているのがわかったけど、もう、だれにどう思われようがかまわなかった。双子のひとりが、バスを追いかけてくるのが見えた。バスに追いついて、おれの席の真横まできた。泣き虫の片割れはいつになく大泣きだ。炎のように激しく伸び縮みしながら、大きい泣き声をあげたりひっこめたり……、ユウ……、もう泣くなよ……。おまえに泣かれると、おれまで、泣きたくなるんだよ。おまえときたら、いつもメソメソと……メソメソと……メソメソ……じゃない……！

「……カズ！」

おれはバスの中からそう呼んだ。すると、カズはおれにむかって片手を伸ばして、いまにもちぎれてしまいそうなくらい、こちらにむかって必死に手を振った。バスに近づこうとして、車道に入ってきた。

「ショーン！　ショーン！　ショーン！」

並木のある通りにバスが入る。並木を一本越えるたび、カズの泣き声は朝陽にあぶられて、だんだんと悲鳴に変わっていった。まわりのみんなもおれのまわりに集まって、カズを見た。歩道を歩いている人たちも、みんなカズを見ていた。あれ、あんたのホストブラザー？って、面食らった顔のキーラに返事もできないで、カズ！カズ！カズ！とおれは叫んだ。ショーンのブラザーだってさ！ニックがみんなにむかって怒鳴った。シャンテルがマスクを外した。わたし、あの子知ってる、タコヤキ一緒に焼いたんだ！おれのうしろから、みんながカズを呼ぶ。首に巻いたマフラーのビラビラがおれのほっぺたのベトベトをくすぐった。

「カズ！」

「カズ！」

「カズ！」

カズが転ぶのが見えた。カズの後ろからきた車が急ブレーキをかけて停まった。見ているだけで、冷や汗がどっと噴き出た。ふたたび、小さな人影が並木のあいだにちらつくのが見えた。ユウ！おれはバスの一番後ろの席に飛んでいって、今度はユウを呼んだ。みんなもおれのところに走ってきて、後ろの座席に横一列に積み重なって、バスの後ろを見た。

「ユウ！」

「ユウ！」

「ユウ！」

ユウが道路にうずくまっているカズのところに着いて、カズを抱き起こすのが見えた。おれは自分がぜんぶ溢れ出してしまって、力が抜けて、ハズカシイやつ、ナサケナイやつをとうに通り越して、しゃっくりが出てきた。

「ショーン、大丈夫？」

ローガンがおれの後ろから声をかけてくるのが聞こえた。ローガンのくせに、人の心配なんかしてる。こいつ、いまだに忘れ物するたびにお母さんが持ってくるし、誕生日にはホームメイドのバースデーケーキを教室に持ってきた、何考えてんだか、もう六年だっつーのに！　こいつ見るたびイライラしてた、なんてガキなんだろうって。でも……

……おれ……！　しゃっくりが止まらなくなった。ジョジーナがティッシュを出してくれて、それをとろうとして彼女の指にちょっと触れた。ピンク色のツメが驚いて、しゅっと引っ込んだ。ショーン、雪、ほんとうにきれいだったよ、持って帰れたらいいのに……

……でも溶けちゃうよね。ハイリーがおれの顔をわざと見ないようにして、となりに座り直した。おれは、「ああ」ってハイリーに返事したつもりだったけど、全部しゃっくりになった。イータンがIt's all good,《気にすんな、》 mate《マイト》.って小さな声でつぶやきながら、おれの背中をさすってくれた。バスが曲がり角を曲がる。

おれたちの視界の片隅で小さな手が二つ、くるりと金色の木の葉のように揺れて、消えた。

My トモダチ

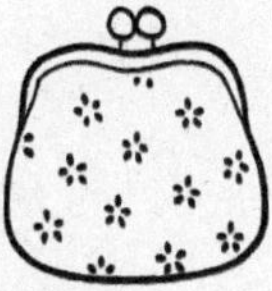

「Holiday《ホリディー》！」

ミズ・オキャラハンがゴールデン・テンプル《キンカクジ》をバックにわたしたちを並ばせてカメラを構えた。キレイ、キレイ、ってみんな言ってたけど、池に溶け出したお寺の金色が青緑色の水と混ざり合って、わたしにはブキミな風景にしか見えなかった。かけ声がかかると、みんな口元をニッとのばしてハッピースマイル。今朝、綾青の学校の前で撮ったときは、「イチタスイチハ、ニー」だったけど、このメンバーで写真撮るときはいつも「ホリディー」にキマリ。だって、休み、って聞いただけで誰だって嬉《うれ》しくなるし、ディー、のところでニンマリする。

「ハイリー、どうしたの？　さ、笑って！」

ミズ・オキャラハンに名指しで呼ばれた。みんながいっせいにわたしを見た。わたしはうつむいた。なんで笑いたくもないのに笑わなきゃならないのよ、ほっといてよ。

「ハイリー！　ほらっ、ホリディー！」

ミズ・オキャラハンのキンキン声につられて、みんながまたわたしを見た。こっち見ないでよ。あんたたちみたいにハッピーな気分じゃないんだってば。もー、仕方ないわね、ってミズ・オキャラハンはあきらめ顔になった。おまえ、なにブスッとしてんだよ、みんな待ってるぜ、ってイータンににらまれた。なによ、エラソーに。ヤなやつ……。

「さ、撮りますよ！」
カシャリ、とシャッターが落ちる音。ホリディー、ってうつむいたまま、わたしはつぶやいた。

キョート観光ってあんまり期待してなかった。どうせ、古い建物とかキモノとか、つまり「オールド・ジャパン」ばっかでしょ、って。そういうの、もう知ってるし、飽きてるんだってば。でも、このさいお寺でもお庭でも、もうどこでもなんでもいいって思ってた。オーサカからシンカンセンに乗ったときは、なんかほっとしたっていうか、やっと自由になれたっていうか。それにしても、シンカンセンってあんなにキレイで静かで速いんだ。ローガンは大喜びで座席でぴょんぴょんしてたし、ナード系ニックは、じーっと窓から外を見てブツブツ言ってた。ジョジーナは朝からいきなりお菓子食べるし、シャンテルとわたしは一緒にゲームしたり、喋《しゃべ》ったりした。キーラはミズ・オキャラハンと一緒に座っていた。そうしているうちに、今日こそ、なにがなんでも楽しまなくっちゃって、妙にテンション高くなっちゃって、みんなに気味悪がられた。だって、全然楽しくなかったんだもん、ホームステイ。

キンカクジのベスト・スポットで写真を撮ったあと、バスの乗り場まで歩いた。日本の冬って、なんでこんなに寒いの？　オーサカもけっこう寒かったけど、キョートはオーサカよりもっと寒い気がする。コートのポケットに両手を突っ込んでも、指がつめたくて、ちゃんと動かない。ユイカとスキーに行ったときに、ユイカのママにユイカとおそろいで買ってもらった手袋、やっぱり持って来たらよかったかな。バスが来て、わたしたちは順に乗り込んだ。男子たちはバスの小さなステップを大股《また》で駆け上がった。ぜんぜんまわりにお構いなしみたいだけど、わたしは恥ずかしくてたまらなかった。だって、男子、それにミズ・オキャラハンまで平気で英語喋るんだもん。

"Freezing!"（凍える）

"Bloody cold!"（冷てぇ）

"S__t!"（クソさむ）

"Mind your language!"（なんですか、その言葉）

日本のバスに乗るの、わたしは二回目。夜、ユイカの家にはじめて泊まって、そのつぎの朝のことだった。朝食を食べながら、ユイカが家から学校までバスで行くって教えてくれた。家を出るってときになって、ユイカとママが大げんかになった。早口のニホンゴだったから、わたしはぜんぜんわかんなかった。ママはすごい剣幕で怒るし、ユイカは泣くし、さんざんで。そのあと、ユイカと家を出てバスに乗ったけれど、ユイカはムッとしてうつむいてた。ユイカとあれもこれも話したいって思ってたのに、一体なんなの、コレ？　あー、もうヤダ、って思っていたら、ユイカが、「私、早くアメリカに行きたい」って、とつぜん言った。なんで、ってわたしが聞くと、アメリカのハイスクールに行って、好きな友だちと遊ぶんだって。ママとケンカしたのは、ユイカがリンっていう友だちの家に遊びに行きたいって言ったからだ、ってことだった。ママはリンが大キライで、リンとはぜったいに遊んじゃいけないって今までずっと言われていた上に、今朝は、あんな不良みたいな子って言われた、友だちはちゃんと選びなさいとか言うんだよ、ってユイカはまた泣きそうになっていた。このへんはユイカの英語、よくわかんなかった。泣いてたのもあるけど、つなぎ目だらけの英語だったし。すっごく大事なことを言うときって、すっごく大事にしてる言葉つかわなきゃならない。ユイカは英語うまいけど、あの調子だと、そういう大事にしている言葉、英語では、たぶん、ほとんどないんだと思う。ニホンゴで言っていいよ、わたし、特訓してきたんだ、って言うと、アンって鼻で笑われた。この子なに言ってるの、あんたのニホンゴなんかどうせダメじゃない、私は赤ちゃんのころから英語勉強していて、私の英語のほうがうまいんだから、って顔して、完全にバカにしてた。

「ママ、私の話なんか、ちっとも聞いてくれない」

ユイカは最後にはっきりと言い捨てた。なんか、急に、ユイカがすごいかわいそうになった。

"Hayley, wanna come an' next to me?"（ハイリー、こっちおいでよ？）

"What happened to you two? Anything wrong? You two never apart!"（なんかあったの？　どうしたのよ？　あんたたち、いっつもひっついてんのに！）

シャンテルとジョジーナがわたしに話しかけてきた。ふたりともこっちにいるわたしとあっちにいるキーラをかわりばんこに見てる。

"Um"（ええと）

わたしは生返事しながら、まわりを見渡した。キンカクジって有名なんだな、ずいぶんいろんな人いるし。ユイカとバスに乗った時は、わたしを除いてお客さんはぜんぶそのへんの日本人、だったと思う。でも、今日はほかの国からの観光客もいっぱいいたし、英語喋っても普通っていうか、自分ひとりじゃなくって友だちもいると強気にもなれるし、さっきまで英語で喋ってる男子のことハズカシイって思ったけど、だんだん平気になってきてる。でも、自分の国じゃないところにくると、たとえひとりごとでも、自分の言葉を喋るのが普通じゃなくなるし、悪いことしてるみたいだし。ふだんどおりに喋ってるだけなんだけど、秘密を教えあうみたいにコソコソしなきゃならないっていうの？　自分の言葉なのに耳障りっていうか。

"Yeah, we, sort of"（うん、まあ、ちょっとね）

"Ya joking!"（ウソ！）

"No joking"（ホントだってば）

わたしがそう言うと、ジョジーナもシャンテルもびっくりして、ぽけっと口をひらいたままになった。

"True"（ホントにホント）

いつもいつも一緒で、一番の仲良しのキーラ。明日も一緒に『ムービー・ヴィレッジ《エイガムラ》』、のはずだった。ふたりがあんまり驚いた顔をしたので、わたしは黙ってしまった。バスの窓が白く曇って、その上にたくさんニホンゴのポスター？　広告？　がいっぱい貼ってあるのがみえた。

「冬期講習」

「ゼミナール」

「お墓相談、承ります」

「マンション売買」

「無料見積もりいたします」

「婚活！」

「日の出クリニック」

　ああ、ぜんぜんダメだー、あれもこれもわからない。どうせそんなところだろうってわかってたけれど、やっぱり悲しい。だって、あんなにがんばったのに……！　でも、これが日本人が使っているニホンゴなんだ……！

　そもそも、この三日間っていったい何だったんだろう？　ホームステイさせてもらっているあいだじゅう、イライラしてた。わたし、ニホンゴ勉強しにきてるのに、なんでこうなるの？　って。でも、日本にきてから、ニホンゴなんてやらなくったっていいんじゃないかって思い始めている。日本って英語けっこう通じるし。どこでも英語書いてあるし（笑えるのもかなりあるけど）。英語が喋れたら、世界中どこへいっても大丈夫、だって英語はどこでも通じるんだから、世界の共通語だってだれかが言ってたけど、本当かもしれない。しかも、日本なのにニホンゴじゃなくて英語で話しかけられたりもするし（シャンテルも同じこと言ってた。毎年クリスマスにフランスにいるおじいちゃんとおばあちゃんに会いにいくと、フランスではみんなフランス語で話しかけてくるのに、日本はニホンゴじゃなくて英語だね、なんでだろう、って）。綾青では英語の授業あったし、みんな英語うまいし(……英語しか習えないのかな？ ローランド・ベイではニホンゴの他にフランス語も習えるけど)。だったら、ニホンゴ勉強したって、どうってことないじゃん。もう、ニホンゴ勉強するの、もうやめちゃおうかな……。

“Look at that!”(あれ見ろよ！)

前にいた男子がおおー！ って叫ぶ。外の景色に目を移すと、ひとひら、またひとひら、空から剝《は》がれ落ちるようにして、白い破片がゆっくり落ちてくるのが見えた。気がつくと窓ガラスの向こうは白い水玉模様のカーテンが掛かったみたいになった。わたしも、しばらくのあいだ見とれちゃった。きれい。すごくきれい。雪、本当にキレイ。でも、ヤダ、もうイヤ、ヤなんだってば。わたしはポスターもしくは広告に視線を戻した。ひらがなもカタカナも漢字も、「あんた誰？」「なんか用？」って白けた顔して、天井の近くからわたしのことを見下ろしてた。全然わかんないなら、いっそ、模様に見えたらいいのに。でも、一度文字だってわかったら、もう文字にしかみえないじゃんって、またイライラしちゃった。

*

あたりはいちめん雪で、真っ白の山のいただきが遠くに見えて、スキー場は人であふれていた。

「ハイリー、ユイカの英語、上手かな？」

ユイカのパパが聞く。アメリカ人が喋っているみたい。

「どう？　あの子の英語、ちゃんとわかる？」

ユイカのママも、さっきからそればっかり聞いてくる。ふたりに話しかけられると、まるでアメリカにいるみたい。ユイカのパパにスキーの練習をさせてもらったあと、わたしは地面にしゃがんで、雪に触っていた。貸してもらったスキー板をはずして（なによ、こんなもの！）、買ってもらった手袋をはずして（もうスキーなんか二度とやらない！）、はじめは指先だけでいじって、そのうち片方の手をつけて、一摑《つか》みして、さいごに両手で雪の玉を作り始めた。真っ赤になった両手のなかで、雪の白い玉はだんだんと大きく膨らんできた。こんなに人がいるのに、なんだかさみしかった。ほかの子たちは今どうしてるかなって思った。シャンテルはホストシスターとキモノきて、スタジオで写真撮ってもらうってことだったし、ジョジーナはケンドーのデモンストレーションを見に行くってことだったし、キーラはたしか、ホストファミリーとどこかへお出かけするって言ってたと思う。わたしがスキーに連れて行ってもらうっていったら、みんなにいいなあってうらやましがられた。みんなのほうがうらやましい。

シャンテルはホストシスターのカノンと意気投合って感じで、毎晩おたがいの服の取り替えっこして、ファッションショーして遊んでるの、って楽しそうだし、ジョジーナのホストファミリーは大家族で（ナナコにはお兄ちゃんが三人いて、おじいちゃんおばあちゃんも一緒に住んでいるっていってた）、いつもすごい人数でご飯食べるって。ニホンゴ全然わかんないけど、ものすごくにぎやかで楽しいわよって笑ってた。キーランちは、ミサキっていうホストシスターがいて、ミサキもユイカと同じで、去年ローランド・ベイに研修旅行に来ていた子。ミサキのホストシスターだったルビーは今年七年生になるので、このジャパン・トリップには参加できなかった。でもミサキは去年ローランド・ベイでキーラと遊んだことちゃんと覚えていて、キーラがホームステイに来るってわかったとたん、大喜びでスカイプしてきたって、キーラは大感激していた。おたがい、英語もニホンゴもほんの片言しか喋れないし、画面に手をふって笑いあっているだけだったけど、もう胸がいっぱいになっちゃって、ミサキです、キーラです、って名前を言うので精一杯だったって。出発前にはホストファミリーからキーラ宛てにヤマナカ・センセイの方にメールもあったみたい。「キーラへ。家族みんなでキーラに会えるのをとても楽しみにしています。ヤマナカ・センセイからアレルギーの食べ物リストも受け取りました。知り合いのお医者さんに相談してメニューを考えてありますので、ご家族もどうぞご心配なく。キーラ、やりたいこと、見たいもの、行きたいところ、欲しいもの、遠慮なくなんでも言ってくださいね。ササキ・ファミリーより」って、ヤマナカ・センセイが訳してくれたって言ってた。

一番仲良しのキーラをジャパン・トリップに誘ったのはわたし。キーラははじめ「うーん、どうかなぁ？　私、アレルギーだらけで食べられないものいっぱいあるし、第一、ママが何ていうかなぁ？　すっごく心配性だし」って迷っていたみたいだけど、説明会でヤマナカ・センセイの話を聞いたり、写真を見せてもらったりして、日本に行ってみたくなったらしい。そんなわけで、そのメールをもらってからっていうもの、キーラはうきうきしてた。わたしは、キーラよりももっとうきうきしてた。ユイカのところに今度はわたしがホームステイだって。

　去年、ユイカはうちにホームステイして、すっごくいい子だった。英語もうまくて、ママもユイカのことは「パーフェクトな子」って感心していた。パパは、「今度はハイリーがユイカとニホンゴで喋る番だぞ、ユイカ、きっとビックリするぞ」って、週に二回、家庭教師《チューター》の先生をお願いしてくれた。だから、ユイカに会える、ものすごくたのしみだって、何ヶ月も前からワクワクしていた。ユイカも「Hayley《ハイリー》, I can't wait to see you again《会うのが待ちきれないわ》」ってメールをくれていた。ホームステイ先にはもちろんユイカのナカムラ・ファミリーを希望したし、ヤマナカ・センセイから出してもらっていた特別のプリントもチューターのユウジさんの山のような宿題も、ユイカに会って、ニホンゴで喋って驚かせるんだって思ったら、全然なんでもなかった。毎晩カレンダーに×印つけて、会える日を指折り数えていた。でも……。

「ハイリー？」

ユイカのパパに呼ばれて、わたしは我に返った。ユイカの英語すごく上手です、ってわたしも英語で答える。この人たちにニホンゴで話しかけると、なんか嫌われるかもって気がする。ユイカのパパとママは嬉しそうに笑った。よかったわ、あの子にはニホンゴを喋る前から英語を習わせているの、早ければ早いほどいいもの、彼女の将来のためよ、ってユイカのママは満足そうだった。ハイリーが来てくれて嬉しいよ、ハイリーがいるおかげで、この三日間、ユイカは英語でずっと過ごせるしね、ってパパ。わたしは冷たくなってかじかんだ手をのばすと、雪をめちゃくちゃにかきまわした。雪は光の粒になってきらきら輝き始めた。こんなにきれいなのに、こんなにたのしくない。だんだん指先の感覚がなくなって、頭の芯《しん》がじーんとしてきた。雪の上を翼の形をした影が巡っていった。鳥の飛んでいった先に、リフトが小さく見える。その下を、すいすい、たのしそうに、たくさんの人がスキーで滑っている。ここからだと、真っ白の空のなかでさっきの鳥と一緒に飛んでいるみたい。わたし、スキーってはじめてで。立っているだけでせいいっぱいで。リフトに乗ってきてもいいよってわたしはユイカに言った。転んでばっかりいるわたしといても、つまらなそうだったから。ユイカは待っていましたと言わんばかりに、嬉しそうに飛んでいった。

「ここよりもソルトレイクのほうがずっと楽しいよ、ハイリー」

ユイカのパパが丘の頂上を見上げながらつぶやいた。ソルトレイクってなんですか、ってわたしは顔をあげて聞く。アメリカのスキー場だよ、ってユイカのパパ。そのうち、ユイカにもあっちで滑らせてやろうと思うんだ。向こうのハイスクールに留学させて、そのまま大学も向こうのほうがいいだろうしね。わたしたちも、アメリカの大学に留学中に知り合ったんだ、ってユイカのパパは照れくさそうにユイカのママを見てうなずいた。

「それまでに、ユイカには英語をきちんとやらせておきたいの」

ユイカのママがわたしをじっと見た。わたし、日本にきてからほとんどニホンゴ喋ってない。ユイカもぜんぜんニホンゴ喋ってくれない。わたしがニホンゴで話しかけても、ユイカは英語で返事。パパとママからハイリーとは英語で喋りなさいって言われてるから、ってユイカは言ってた。

わたしは立ち上がると、手のひらに載せた雪のボールを地面に叩《たた》きつけた。地面の泥が、ズボンに跳ね返って散った。

＊

キンカクジから乗ったバスを降りて、こんどは、ランデン（メルボルンの路面電車《トラム》みたいな電車。この名前、おもしろいし呼びやすいので、みんなすぐに覚えた）に乗ってラッシー（Ａｒａｓｈｉｙａｍａって舌がもつれそうになるので、男子たちが「ラッシー」って呼び始めた）に向かう。ラッシー、ラッシー、ランデンでラッシー、ってランデンのなかでみんなクスクス笑っていたら、他のお客さんの迷惑になるだろってヤマナカ・センセイに怒られた。それで笑いをこらえていたら、よけいに可笑《おか》しくなっちゃって、駅についで電車を降りたとたん全員爆笑。

「げーっ！　寒いわー!!」

「ひぃー！　ウソ！　ここがラッシー？　南極じゃねえの？」

「センセイ！　なんでこんなに寒いの！」

「雪だ！　雪！　雪すげえ！」

駅から歩いているあいだ、いままで感じたことのない冷たさにビックリして、みんな足をバタバタさせたり耳を手で覆ったりした。まわりの景色を見ながら歩いた。ほんとキレイねえ！　サムライが出てきそうね！　って、ミズ・オキャラハンはいつもどおり雪の中でも元気いっぱいってかんじだった。わたしは歯がガチガチするし、指の先も凍りそうで、長い木の橋のところまでたどりついたときには、きれいだけど、この冷たいの、どうにかしてよってイライラしてきた。

「すげえじゃん！」

「おお！」

「ラッシー！　ビューティフル！」

橋の向こうの小さな山と空のつなぎ目に、真っ白な木の枝がレースみたいに重なり合っている。暗い緑色をした川の表面はツンと澄ましている。きれいだけど、冷たいよぉ。

橋を渡っているあいだじゅう、雪が吹きつけて、耳がキーンとしてきた。

「さむーい！　でも、なんか気持ちいい～」

「アイ・ラブ・ラッシー！」

ジョジーナとシャンテルは雪まじりの風のなかで両手を広げて、キャーキャー笑い声をたてながら橋を渡りはじめた。男子たちは橋の上でバカみたいにはしゃぎ回って、ヤマナカ・センセイにまた怒られていた。

「ハイリー、早く来なよ！」

橋のたもとで立ったままでいると、ジョジーナとシャンテルに呼ばれた。うん、って小さく返事してわたしは橋を渡り始めた。こんなにきれいなのに、こんなにたのしくないんだってば……！

橋を渡ってちょっと行くと、お店が並んでいるのが見えた。腹減った！　腹減った！　腹減った！　って、例によって男子が騒ぎ出して、この寒いのになぜかアイスクリーム屋さんに並びはじめた。わたしたち女子はお店を見て歩いた。「これ、食べられるんですか？」って思わず聞きたくなるようなキレイなお菓子（お菓子屋さんにホームステイしたショーンは、日本のお菓子はキレイだけど見るだけにしておいたほうが安全だって言ってたと思う）とか、「これ、いったい何ですか？」みたいな不思議な小物とか（あの竹の細い棒、何に使うんだろう？　先がスプーンみたいになってるんだけど？）が並んでいて、見ているだけでおもしろかった。カワイイものがいっぱいありそうだなってかんじのお店に入ったら、案の定カワイイものでいっぱいだった。カワイイ！ カワイイ！ カワイイ！って、シャンテルはお店のあちこちで大騒ぎするし、あのジョジーナまで小さな『キミドール』に似た木のお人形を選ぶのに夢中になっていた。カワイイっていうニホンゴ、わたし、大好き。今回、ジャパン・トリップのために勉強してきた日本語のなかで、一番好きかも。「かわいい」でも「カワイイ」でも「ｋａｗａｉｉ」でも、この言葉、ニホンゴでも英語でも言っても書いても、ぜったいピンク色！ カンジ、だったら何色？

お店のなかをぶらぶらしていると、キレイな布でできたお財布がずらりと並んでいるコーナーがあった。わたしはそこに釘付《くぎづ》けになった。

「カワイイ！」

バニー《うさちゃん》、ゴールドフィッシュ《金魚》、ドット《水玉》、チェリー・ブロッサム《桜の花》……。カラフルで、キュート！ あれもこれもカワイイすぎ！ ローランド・ベイのお店でも、こういう日本チックな柄の服とか鞄《かばん》とかってよく見かけるけど、ここまでカワイくない。留め金も小鳥のツメみたいでカワイイ！ さすが！ ホンモノ！ たしかチェリー・ブロッサムはニホンゴで「サクラ」、だったと思う。ユウジさんが、「日本人が一番好きな花」って教えてくれた。わたしは、サクラの花びらがいっぱいのお財布に手を伸ばした。店員さんがわたしのところに来た。

「キャナイ・ヘルプ？」

お財布を棚に戻す。お店の外に出ると、凍えそうに寒かった。カワイかったな、サクラのお財布、欲しかったな。すっごく欲しかったのに……！　なにが「キャナイ・ヘルプ？」よっ！　なんかわけがわかんなくなって、涙がでそうになった。

「ハイリー！　見て！」

シャンテルとジョジーナがきれいな紙袋を手に提げて出てきた。シャンテルは豆粒みたいにちっちゃなキーホルダーをどっさり、ジョジーナはきれいなキモノを着た木のお人形。しばらくして、キーラも紙袋を胸に抱くようにして出てくるのが見えた。男子もいつのまにかお店にきていて、お菓子を手当たり次第買いまくっていた。ホテルについたら、みんなで食べようぜって騒ぎながら外に出てきた。

「全員揃ったか？」

ヤマナカ・センセイがローガンの手を引いて出てきた。ランデンに乗る前にトイレに行っておけってあれほど言われてたのに、例によってローガンは興奮して行き忘れて、さっきまで漏れそう漏れそうって半泣きになってた。

「ハイリーはなにも買わなかったの？」

シャンテルがちょっと心配そうな顔をしてわたしを見つめた。おこづかい足りなくなっちゃってるんだったら、お金貸してあげるよ、って言ってくれる。この子、いつもは目立たなくって、あんまり話したこともなくって、いままでよく知らなかったんだけど、めちゃくちゃ優しいんだ。今回日本で買った服を着て、その上からホストファミリーにプレゼントしてもらったっていう、ふわふわのマフラーを首に巻いていた。カワイイ……。わたしはコートのポケットに両手を突っ込んだ。キーラがこっちをちらって見た。

「ありがとう。でも大丈夫」

「ほんとに？」

ジョジーナが首を傾げてわたしを見た。

「ハイリー、なんか元気ないじゃん、さっきまであんなにハイだったのにさ、どうしたの？」

「ううん、なんでもない……、ちょっとカワイイお財布あったんだけど、買いそびれちゃって……」

ああ、やっぱりあれカワイかったな……、あの「サクラ」のお財布。お店に戻って、買おうかな……。でも、みんなもう外に出てるし……、ミズ・オキャラハンが点呼をとりはじめた。今日の予定はここまでで、このあと、ホテルまで移動することになっている。いま買いそびれちゃったら、もう買えないかも。あのお財布、やっぱり欲しい！

ハイリー、買っておいでよ、わたしたち、ここで待ってるから！　ってシャンテル。ジョジーナが、一緒についていってあげようか？　ってわたしを見た。わたしはお店のなかに戻ろうとした。ミズ・オキャラハンが歩き出した。ヤマナカ・センセイも。男子たちがいっせいに背を向けて、ふたりのあとにつづく。お店の人の大声が追いかけてきた。

「サンキュー・ベリーマッチ！」

その一言でわたしは立ち止まった。

「もうヤダ！　こんなのイヤッ！」

シャンテルとジョジーナが固まった。ふたりにすぐゴメンって言おうとしたんだけど、こんなのイヤ、こんなのヤダ、もうヤダ、イヤったらイヤッ、しか言えなかった。この三日間のもやもやが暴れ出して、小さい子がやるみたいに、わたしは地団駄を踏んだ。

ハイリー、どうしたの、ね、なんか悪いことしちゃった？　シャンテルがわなわな唇を震わせながら、涙声になっている。シャンティ、ごめん、ごめん、ごめん、そんなんじゃないの……！　ジョジーナの呆然《ぼうぜん》と立ち尽くしたままの姿を見てしまうと、自分がどんなにハズカシイことになっているか思い知らされるみたいで、ここから消えてしまいたくなった。それなのに、わたしったら、イヤ、こんなのイヤ、ヤダ、って彼女の顔めがけて怒鳴り散らしちゃった。ジョージィ、ごめん、ごめん、ごめんね、あんたのせいじゃないのに！　ちょっと男みたいだけど、とにかく、すっごく性格よくて、このジャパン・トリップ、この子のおかげでみんながっちりひとつにまとまってる。友だちってありがたいっていうか、みんなと一緒にいるだけで嬉しいっていうか、なんか、仲間ってこういうのなのかなって思う。それなのに……！　キーラは遠慮がちにこっちを見ていた。わたしのベスト・フレンド。でも、キーラなんか、キーラになんか、わたしの気持ち、絶対わかんない！

「もうヤダッ、もう帰る！」

「どうした」

ヤマナカ・センセイが来たときには、本当にわけがわかんなくなりはじめていた。

「ハイリー、どうした？」

両手で顔を覆ったまま道に蹲《うずくま》って返事をしないでいると、シャンテルとジョジーナが、わたしがおみやげを買いに行こうとして、とつぜんこうなったってヤマナカ・センセイに説明するのが聞こえた。

「なんだ、ハイリー？　ほら、待っててやるから、早く行って買ってこい」

そうじゃないってば！　そんなんじゃないってば！　コドモ扱いしないでったら！

「センセイのバカ！」

「ハイリー・ベックス！」

ミズ・オキャラハンが走ってきた。そのころには、男子もみんなわたしのことを見ていた。まわりのお客さんにまで見られているのに気がついて、恥ずかしくなった。

「立ちなさい！　ハイリー・ベックス！」

ミズ・オキャラハンが猛烈に怒っている。言われた通り立ち上がった。

お店の人がわたしのことを見ていた。オーストラリアのコドモってひどいな、って思われちゃったかも。でも、もうどうでもいい！

「ハイリー、どうしたんだ？」

「ここ日本でしょっ、それにセンセイ、日本人でしょ！　ニホンゴで喋ってよ！」

「ハイリー・ベックス！ セトル・ダウン《落ち着きなさい》」

「イヤ！ こんなのイヤ！ もうヤダッ！ 日本なんか大キライ！」

遠くでちいさなさざなみがわたしを呼んでいた。走りながら、こんどこそわけがわかんなくなって、雪がほっぺたにいくつも吹きつけて、冷たくて、あとからあとから涙が出た。さっき川を渡った橋まで来ると、橋のたもとでわたしは蹲った。もう、イヤ！ イヤ！ イヤ！ 日本になんか来るんじゃなかった！

「ダイジョウブデスカ」

日本語で話しかけられた。

「もう、ヤダーッ！」

わたしはヤマナカ・センセイにしがみついて、ワーっとなった。

＊

「イヤッ！ なんなの、あれ、馬車？ ウソッ！ 馬じゃなくて人が引っ張ってるじゃない！ 超原始的！ ヤダったら！ センセイひとりで乗ればいいでしょっ！」

「こんなオジサンにひとりでアレに乗れって言うのか……たのむよ……ほんのちょっとの間、つきあえよ」

渡月橋《とげつきよう》でふと目に付いた人力車にふらりと乗ってみたくなったのは、どういう風の吹き回しか。光太郎は車夫に声をかけると、道ばたでふくれっ面をしたまま立ち尽くしている教え子を無理やり呼びよせた。光太郎にとって、女子の涙＝もうお手上げ、である。

「こんにちは！」

年若い車夫は元気いっぱいの笑顔でふたりにあいさつした。黒光りする車体が動き出す。こうして違った場所から見ると、見覚えのある風景もずいぶん違ったふうに見えるものだと光太郎はひとりごちた。連れの相手も、今回は小さな教え子である。

渡月橋を出発した人力車は竹のトンネルの奥に進む。教え子があんなふうに泣きついてくるのには、とうぜん理由があった。――ユイカもユイカのパパもユイカのママも、たぶん、わたしのこと、英語練習マシーンだと思ってたんだ、わたし一体、なんなのよぉ。綾青ではどうだったんだ？　ほかにも生徒がいただろう？　喋らなかったのか？

タコヤキ・パーティーもあったし。だって、ユイカがすぐに通訳しちゃうんだもん、わたしが言ってあげる、英語で喋るの楽しいって！　わたし、がんばって言おうとしてたのに……、ユイカが、「ハイリーがこう言ってます、こうしたがってます」って。通訳してあげるとか言いながら、わたしを押しのけてペラペラペラペラ……、わたしはミサキとナナコに自分で話しかけてみたかったんだってば、それなのにユイカが……。センセイ、あれって、なんかバカにされてるみたいで超腹立った、ほっといてよって言いたかった、それ見ていてキーラがユイカのこと、おせっかいにもほどがあるって怒って、それでわたしたちケンカになった。ユイカのこと、でしゃばりだってキーラが言って、わたしも実はちょっとそう思ってたんだけど、あんなふうにユイカのこと悪く言われたら、逆ギレしちゃった。だって、ユイカ、わたしのホストシスターなんだもん、わたし、ユイカに会うのメチャメチャ楽しみにしてたんだもん、ユイカがあっちに来たときはすっごくいい子で、パパもママもユイカのこと大好きで、もちろんわたしも大好きだったし……、でもなんか、もうキライになりそうで、かなしくって。こっちがこんなにイライラしてんのに、キーラったら、すっごく楽しそうにしてたんだもん、ホストファミリーにあんなに可愛がられて、まるでほんとに家族の一員みたいに大切にされて、うらやましかったんだもん！　そうか……。てっきり、ナカムラ・ファミリーとはうまくいってるって思っていたよ……。うまくいってたよ、ユイカもユイカのパパもママも嬉しそうだったし、来てくれてありがとう、って言ってくれたし。でも、わたし、ぜんぜんたのしくなかった……！　じゃあ、そう言ってくれればよかったのに。他のファミリーに替わることもできたよ。それとも、ハイリーがもっと日本語で喋りたいって思ってることを伝えればよかったのかもしれないよ？　ナカムラ・ファミリーとは英語で喋れるんだし。うん、キーラにもそう言われたんだ。でも、そんなこと言えないよ。センセイ、言える？　そうだな、言えないよなあ、言葉が通じるっていってもなぁ、さすがにそれは言えないよなあ。いちおう、お世話になってるんだしな。でしょ、それに、みんなもわたしのことラッキーだって思ってたみたいだしさ……、ユイカだったら英語で喋れるし、言葉が通じて便利じゃん、なに文句あるんだよ？　って。通訳してもらうのがありがためいわくだ、なんてとても言えないよぉ……。でも、ハイリー、せっかくあんなにがんばって勉強してきたんだしな、ちょっと残念だな。うん……。だって、せっかくのジャパン・トリップなんだよ！　ニックなんかニホンゴで買い物できたって威張るんだよ！　わたしだって、それくらいできるってば！　ショーンだって、ホストファミリーはほとんど英語わかんないから、センセイが作ってくれた『ユースフル・ジャパニーズ』でなんとか乗り切ったって笑ってたし。わたし『ユースフル・ジャパニーズ』なんかとっくのむかしに暗記しちゃったし、チューターのユウジさんに、もっといっぱいニホンゴ教えてもらったんだよ！　そうだな、センセイもきみには特別の宿題出したよな、きみがやりたいって言うから。……うん。でも、もういいんだ、ヤマナカ・センセイ。もう、終わったんだし。たぶん、もうユイカには会うことないだろうし……。このこと、わたしのパパとママには言わないでね、ガッカリさせちゃうから。パパはね、新しいニホンゴの辞書買ってくれたんだ、日本のアニメもいっぱい借りてきてくれたんだ。ママなんかね、冷蔵庫に『ユースフル・ジャパニーズ』をコピーして貼って、わたしと一緒に覚えてくれたんだ！　ママ、「イタダキマス」も「スミマセン」もちゃんと言えるよ！　でも……パパとママに日本どうだったたって聞かれたら、わたし、どうしよう？　そりゃあ、親御さんは絶対に聞くぞ。センセイが親でも聞くね。かわいい娘が日本で何してきたか、知りたいからね、当然。うん……、でもパパとママはそれでもいいって言ってくれると思うんだ……、わたしが、ジャパン・トリップ、つまんなかったたって言っでも……わたし、そう思う。そうだな、センセイがハイリーのお父さんだったら、無事で帰ってきてくれただけでいいって思うね、絶対。ぜったい？　絶対！　ヤマナカ・センセイ、……ね、これってクリスマスみたいじゃない？　それにこの車、わりにロマンチック！　気に入っちゃった！　ありがとう、センセイ。いやいや、センセイが乗ってみたかったんだ、つきあってくれてありがとう。おいおい、他の子には言うんじゃないぞ。あー、もぅー、わかってるよー、センセイとわたしの秘密にしとけばいいんでしょ。だって、こんなの乗せてもらったって聞いたら、みんなすっごくうらやましがるよね！

どこをどうやったら竹林がクリスマスなのか、光太朗には不思議でたまらなかった。尋ねてみると、だって、白と緑と赤だからと言って、やっと笑顔になった。笹の葉が雪交じりの風に揺れ、ざわざわと寒々しい音を立てた。膝《ひざ》には赤い毛氈《もうせん》がかかっている。なるほど、そう見えるのか、と光太朗はニンマリとした。

少女は不満を涙で洗い流してしまうと、少々落ち着いたようだったが、光太朗の胸はしだいに塞《ふさ》いでいった。人の心ほどわからないものはない。わかりあえると信じていた、それなのに、おたがいを思えば思うほど言葉にすればするほど食い違ってくる。そういう出来事が、この自分にもこれまでいくつかあった。以来、たいていの苦しみや悩みは時がすべて解決するのを待つのみであるが、いまだ時間の砂にどうにも流されないことがひとつ、光太朗の胸に固い小石となってわだかまっている。

「ね、センセイ。ここって夏も寒いの？」

「いや、ものすごく暑くなる」

「ここ、来たことあるの？」

「あるよ。このあたりの大学で勉強したから」

どうかそのつづきは聞かないでほしいとの願いが通じたのか、教え子はふっと大人びた表情で一瞬彼を見つめたかと思うと、そのまま前方を見据えた。

「センセイ、緑のトンネル、もう終わり」

あっというまだったな、と光太朗は相手に笑いかけた。教え子も小さく笑って、うなずいた。滑るようにすすむ人力車に揺られながら、乗り心地もよく軽快な乗り物のように感じることができるのは、目前の若い車夫がそうとは悟られないように、己の力だけを頼りに必死で車を走らせているからだと気づいた。光太朗は車夫の若いうなじや強健そうな肩をながめた。あのころ、自分はこれくらいの若さだったか、と思う。あっというまの八年。平坦《へいたん》なようで平坦ではない道に、短いようで決して短くない時間が過ぎていった。あたりの風景が、光太朗の脇を通り過ぎ、脳裏にも巡っていった。

――目ぇ、つむって、とお、数えてくれはる？

竹林を抜けたところで、彼女はそう言った。そっと手を離す。言われたとおりにして目をあけたら、今の今まで彼女がいたところに初夏の光がふりそそぎ、そよ風が笹の葉を揺らして駆けぬけた。

彼女とは大学の同じゼミで知り合った。生まれも育ちも地元で、鴨川《かもがわ》の川縁《べり》に座らせても河原町《かわらまち》の横断歩道を渡らせても、すんなり風景の一部になった。彼女という案内人を得るだけで、大きな安心感に包まれた。あれは、冬の一日、ひどく寒くて、彼女の鼻の先がサクランボのように赤かったのを覚えている。店のショーウィンドーには「みなさんの将来、応援します！」と垂れ幕が下がり、その傍らには、男女のマネキンがそれぞれ紺色のスーツを着せられて飾られていた。そろそろ、就職活動用のリクルート・スーツを買うべきかと思案しはじめていた光太朗が立ち止まってショーウィンドーにじっと見入ると、光太朗を頭の先からつま先までジロジロと見回し、イタズラっぽく彼女は笑った。——瀬戸内海《せとないかい》を見渡す町の小さな米屋に生まれた。長兄は家業を継ぎ、次兄は地元の工業高校を出たあと、東大阪の小さな町工場に就職した。兄弟で唯一、大学に通った三男坊には、安定企業のサラリーマンがふさわしい。あんな魚みたいなスーツ、と光太朗は思わず毒づきそうになった。

数日後、光太朗は別の店でショーウィンドーのマネキンが着ていたものとそっくりの、数段安値の紺のスーツを買った。食品会社の面接で志望理由を聞かれて、実家が米屋だと伝えると、皆一様に納得したような顔をしていた。最初は、覚えなければならない仕事も場所も人の顔も山積みで余計なことを考えている余裕がなかったが、次第に慣れてくると、人と会っていても伝票を数えていても、虚《むな》しかった。自分の名前がヤマナカからナカヤマに変わったって、だれも気づきもしないだろう。やがて連日の残業、度重なる出張、いつまでも結論がでない長時間の会議など、平日はこれらの与えられた仕事をなんとか耐え凌《しの》ぎ、休日に狭いアパートの部屋で昼まで寝るのが唯一の楽しみという事態がやってきた。そんなある夜、ひとりで薄暗いオフィスに居残っていると、ふと「これでいいのか」という考えがふつふつと湧いてきた。係長、課長代理、課長のデスクのあたりから、近い将来、「これでいいんだ」と自分に言い聞かせている自分の声が聞こえてきた。仕事が嫌だったのではない。給料に不満があったとか、人間関係に疲れていたということでもなかった。

以後、ほとんど発作的に会社を辞めようとする光太朗を、上司や同僚、友人たちが説得にかかった。「ワーキングホリデー？　おまえ、なに寝ぼけたことを言ってるんだ、そんな夢みたいなことを考えているヒマがあったら、目の前の仕事をさっさと片付けろ」「この就職難にあんな立派な会社に就職できたんじゃないか、寄らば大樹の陰、贅《ぜい》沢《たく》言うなよ」「オーストラリア？　独身は気楽でいいよなー」「脱サラなんていうのは、ドラマの世界の話だと思え。絶対に成功しない、後悔するぞ、悪いこと言わない、やめとけ」。光太朗は黙って彼らの忠告や嘲笑《ちょうしょう》を聞いた。そうしてうなだれたまま、この先、世界のどこで失敗しようが、無一文になろうが、のたれ死にしようが、それぞれに悩みと事情を抱えた人に向かって、こういうことを平然と口走る人間にだけはなるまいと心に決めた。とはいえ、あのときの自分にあるものといったら、若さしかなかった。あの若さがなければ、安定した仕事、ときには敵にもなるけれど困ったときには必ず力になってくれる同僚や先輩たち、そして毎月確実に手にする給与などを手放すことはできなかった。たったひとつ、手放すのをためらったのは、彼女だった。女手一つで育てられ、進学も就職もすべて親元から通える場所を選んだ彼女。しかし、半年もしないうちに、身一つでこの自分を追ってきた。オーストラリアで日本語の教師になりたいと告げると、「こっちのセンセイって、スーツ着はれへんね」と彼女は笑った。光太朗は残りの貯金をつぎ込んで学費を捻出《ねんしゅつ》し、教師の免許をとるために学生に戻った。彼女はジャパレス《日本食レストラン》で働いた。一段落したら、籍を入れるつもりでいた。卒業が近づくと、毎日のように彼女は残りの日数を数えた。いーち、にぃー、さぁん、しぃ、ごー、ろーく、しぃーち、はぁーち、くぅ、じゅう。彼女がそのように数字を歌うのを、光太朗は異郷の子守歌のように聞いた。遠いむかし、死んだ父親と湯船でそのように数えたのだと。そんな矢先、彼女の「お母ちゃんが倒れはった」。後を追って帰国し、説得を試みたものの、説得されて解決がつくような類《たぐ》いの事情ではないということも、光太朗にははじめからわかっていた。ふたりが離れていたのはわずかな間だったのにもかかわらず、ずいぶんの時間が経っているような気がした。力任せに抱き寄せても、ついこのあいだのように、やわらかく撓《しな》ったり、そのまま身をまかせたりすることはなく、その場にしっかりと足をつけ、まっすぐ超然としていた。つかのま、背後の竹林と見分けがつかなくなった。――たったひとりの女に振り回されるようなあかんたれ、うち、知らんえ。

いち、に、さん、し、ご、ろく、しち、はち、く、じゅう。決して離すまいと掴んだ女の手は、目を閉じて十数えているあいだに、瞼《まぶた》の裏で緑の林に差す木漏れ日に消えた。

「ヤマナカ・センセイ」

自分と同じように黙ったきりになっていたハイリーが光太朗に訊《き》いた。ね、どうしてこんなきれいな国なのに、あっちに住むことにしたの？ きれいな国？ さっき、日本なんか大キライって叫んでたじゃないか。あれは、ちょっと、止まんなくなっちゃって。キライじゃないってば。ヤマナカ・センセイだって、キライじゃないでしょ、自分の国なんだし。

「好きだったんだけどなー、ハハハ」

光太朗が苦笑まじりに返事をすると、好きだったのに、キライになったの？ ヘンなの。でもなんだか、ちょっとわかる気がするかも、と少女はちいさくうなずいた。

渡月橋が近づいてきた。車夫は黙ったまま白くなった道を走り続けた。橋のたもとにたどりつくと、車夫はそっとハイリーに手を貸し、人力車から降ろした。

「雪って、ほんとうにきれい。でも、すぐに溶けちゃう」

少女は両方の手のひらを空に向けた。センセイ、なんて言うの、ニホンゴで？ ユキ。yuki？ ただのユキだ。

目に映る物、耳に届く音、風のにおい、雪の冷たさ。旅人は異国の情景に一度は恋をする。

「ユ・キ」

冷たく引き締まった冬の空気に、初々しい言葉が白い息とともに立ち上る。その生まれたての一音一音の上に重なるようにして、雪の白があとからあとから、たどたどしい口づけをした。

＊

「自由行動は午後二時まで。集合場所はここ、ニンジャの下。イーサン、ジョジーナ、こっちに来て」

イータンとジョジーナはミズ・オキャラハンから緊急用のお金と携帯電話をうけとった。ジョジーナが班長っていうのはわかるけど、イータンが班長っていうの、しかも、うちのB班の班長だなんて、なんとかならない？　って、わたしは思った。ああしろ、こうしろって、いちいち人に指図するし。ほんと、ヤなやつ。

「ニンジャ！　ニンジャ！　ね、みんな、ニンジャだよ！」

「ノー・コーリング・アウト、ローガン！　こっちを見なさい！」

「カッコイイ！　ぼくもあんなのやってみたい！」

わたしたちの頭の真上では、ホンモノそっくりに作られたニンジャが、ロープを伝って向かいの建物に移動していた。ギーコギコという機械の音がしてるからニセモノの人形だってすぐわかるのに、ローガンはホンモノに出会ったみたいに大興奮。本日はこのアクティビティをやってもらおうと思う、ってヤマナカ・センセイは背中のリュックをおろして紙の束を取り出すと、わたしたちひとりひとりに配った。えーっ！　今日は遊ぶだけじゃねえのかよ!?　って男子がわめくと、何言ってんだ、これは研修旅行なんだぞ、ってヤマナカ・センセイが言い返した。

「〝インタビュー・ウィズ・ジャパニーズ・ピープル・イン・エイガムラ〟？」

ミズ・オキャラハンは紙を覗《のぞ》き込むと、小さな声でところどころを読み上げた。えーと、なになに？　アクティビティを始める前に、あなたの近くにいる、親切そうな人を探しましょう、ですって？　日本の人はみんな親切だわ、ね、みんな？

「YES！」

ヤマナカ・センセイは、そうですか、とクスッと笑った。

「これ、だれかに読んでもらおうかな？　ボランティア《志願者》？」

だれも手をあげない。みんな、ジャパン・トリップの最後の日なので、てっきり一日丸ごと観光と遊びだって思っていたから。男子はふくれっ面になるし、女子も黙り込んでしまう。わたしは、右手をそろりとあげて人差し指を立てた。

「じゃ、ハイリー」

ヤマナカ・センセイがわたしを指名した。昨日、なんであんなことしちゃったんだろう……。ヤマナカ・センセイにぜんぶぶちまけてしまった。でも、センセイは今日もいつもと同じ顔をして、わたしを見ても、まるで昨日のことなんかなかったみたいにしてる。真っ黒な髪の毛、黒縁のメガネに黒いコートに黒いズボンに黒いリュックサック。いつもおしゃれなヤマナカ・センセイ。

「……〝インタビュー・ウィズ・ジャパニーズ・ピープル・イン・エイガムラ〟。

アクティビティを始める前に、あなたの近くにいる、親切そうな人を探しましょう。

タスク1

Greet people in Japanese.

にほんごであいさつしてみましょう。

e.g.　おはようございます。／こんにちは。

タスク2

Introduce yourself to them in Japanese.
にほんごで「じこしょうかい」をしてみましょう。

e.g.　ぼくの／わたしの　なまえは○○です。
オーストラリアからきました。

タスク3

Ask them some questions such as;
にほんごでしつもんをしてみましょう。

e.g.　おなまえは、なんですか？
なんさいですか？
すきなたべものは、なんですか？

タスク4

Jot down their responses in Japanese.
にほんごで、こたえをかいておきましょう。

e.g.　スズキ・リナさん。12さい。すきなたべものはカラアゲです。」

「グッド・オン・ユー《よくできた》！　ありがとう、ハイリー」

「これ、人数分、ぜんぶ手書きしたの、コータ⁉」

ミズ・オキャラハンがすっとんきょうな声をあげた。

「はあ、ホテルにコピー機がなかったもんで、仕方なく」

「プランを練るだけでも時間がかかるのに……！　あきれるわねえ、ここまで仕事熱心だと」

アクティビティを作るのは楽しいもんですよ、ってヤマナカ・センセイはハハハって笑った。

グッド・ラック！　わたしたちはA班B班にわかれると、そう声を掛け合ってそれぞれ歩き始めた。

「ねー、どうする？」

「ここ、日本のハリウッドって呼ばれてたみたいだぜ」

小さな川が流れていて橋を渡ると、日本の古い時代の街って感じのところに出た。これ、ぜんぶ映画のセット、らしい。ここでホンモノの撮影もあるってヤマナカ・センセイが言っていた。

「古いっていうのはわかるんだけど、私たちの古い建物っていうのと、なんか雰囲気違うんだよね、なんなんだろう？」

後ろでキーラがショーンに話しかけるのが聞こえた。

「古いっていっても、おれたちの国にはここまで古い建物はないからな。第一、建物はレンガか石で出来てるじゃん。おれのナン、いつも言ってるぜ。ドイツに城が建ったころ、オーストラリアにはなーんにもなかったはずだってさ」

「お城？　あ、そっか！　石じゃないんだ、日本の家って木で出来てるんだ」

「あの窓、紙じゃねえか？」

「あのでっかい布、ドアのかわり？　お店？　それともお家？」

「わっかんねえー」

ふたりが笑い声をたてた。聞き耳をたてながら、キーラ、わたしが一緒じゃなくっても、けっこう楽しそうじゃん、ってだんだん悲しくなった。どっかで日本人にインタビューしなきゃなんないわよ、どうしよう、ってキーラは心配そうな声を出した。キーラっていったん仲良くなったらズケズケいろいろ言うけど、実はすっごいシャイで、はじめて会う人とかの前だとぜったい黙っちゃう。わたしは、ぜんぜんへいき。

「あ、あれ見て！　なんだろ？」

昔風の建物をひとめぐりして、さっきの橋のところまで戻ると、サムライの格好をしたお兄さんが何人かいて、大声でお客さんに向かってなんか喋っていた。人だかりができている。ストリート・パフォーマンス？

「わーっ!!　カッコイイ！　ぼく、あれやりたい！」

銀色にギラギラ光る刀を見て、ローガンは駆け出した。わたしたちも、ローガンを追いかけた。ローガンはわたしたちが追いついたときには、もうちゃっかり刀を握らせてもらって、お兄さんのとなりでニコニコしていた。そのあいだも、お兄さんたちは笑ったり喋ったりしていたかと思うと、わたしを指さして、こっちにくるように手招きした。

「おまえ、行ってこいよ」

イータンに背中をポンって押された。なによ、また人にいちいち指図しちゃって。でも、このときは不思議とイヤな気持ちはしなかった。わたしは人垣のなかに入って行った。別のお兄さんが現れて、わたしにも刀を持たせてくれる。もうひとり、お客さんのなかからおじさんが選ばれて出てきた。お兄さんがなに言ってるのかぜんぜんわからないけれど、まわりのお客さんは前にいるわたしたちに注目してたし、お兄さんの早口は元気いっぱいだった。ニホンゴってお行儀がいいっていうか、つかみどころがないっていうか、お祈りとかジュモンを唱えているみたいに聞こえちゃうから、ぜんぜん意味わかんないとすっごくつまんないんだけど、このお兄さんの喋り方、弾《はじ》けていて花火みたいだなって思った。だんだん、楽しいことやるんだ、ってわくわくしてきた。キーラがイータンに背中のリュックサックからカメラを出してもらっているのが見える。ローガン、わたし、おじさん、の順に並ばされて、ふたりのサムライが刀で戦うのを見学。「ミギテ」「ミギアシ」「ヒザ」「コシ」。体の部分をさす言葉が聞こえてきた（これ、学校で習った）ので、どうやら刀の使い方かなにかを教えてくれているんだなって思った。さいごに一番派手なキモノきたサムライが地味なサムライを刀でやっつけて、お客さんにむかっておちゃめなポーズをとった。お客さんが大爆笑。キーラもショーンもイータンも、大喜びしているのが見えた。

「ハイリー、あんなふうに、コレでやっつければいいんだね⁉」

ローガンがサムライに呼ばれて、その場で刀をブーンって振り回す。お客さんがおおーってローガンを見た。だけど、ローガンは司会のサムライにニホンゴで質問されると、ヘルプ・ミー！　って顔で、わたしを振り返った。

「名前なんですか、って」

わたしがそう言うと、ローガンはほっとした顔で向き直り、

「ローガン、デス！」

って日本語で元気よく答えた。つぎに「どこからきましたか？」って聞かれて、ロー

ガンがまた沈黙。振り返って、わたしを見る。
「どっからきたのか、って」
「オーストラリア！」
サムライもお客さんも、ほおー、オーストラリア、ってなる。お客さんのあいだから
「オーストラリア」ってひそひそ声で話すのが聞こえてくると、イータンもショーンも
キーラも、体をぴんとまっすぐにした。カンガルーとかコアラとかいるんですよね、う
ーん、ぼくも行ってみたいですね、って司会のサムライがローガンとお客さんにむかっ
て言った。というか、……そう言ってるんだって、わかっちゃった！
ローガンはさっきのデモ通りサムライと刀でたたかって、サムライは大袈裟《おおげさ》にひっく
り返って、ちゃんと死んでくれる。ローガンはそれだけでめちゃくちゃ大喜びだった。
「ホワット・ユア・ネーム？」
わたしの番がきて、さっきのサムライが今度は英語で話しかけてきた。ローガンがあ
の調子だったから、わたしもニホンゴわからないって思われちゃったのかもしれない。
……ＲＥＡＤＹ？　ＳＥＴ．ＧＯ！　ハイリー・ルイーズ・ベックス！　リュックサ
ックを地面に下ろして、刀を小脇に抱えると、わたしは深呼吸した。
「ハイリーです。オーストラリアからきました」
「おおおおー！！！！」
ニホンゴ、喋れた！　ちゃんと通じてる！　サムライはさっき死んだマネをしたとき

と同じくらい大袈裟に驚いてくれる。

「なんと！　日本語がじょうずですね！　こちらもオーストラリアから！　おねえちゃん、カワイイですね！」

サムライはニホンゴになった。

「ハイ、アリガトウゴザイマス」

サムライたちとお客さんたちが大爆笑する。また、喋れた！　でも、全然笑えない。だって、サムライったら、すごい早口。ちょっとでも気をぬいたら、聞き逃しちゃう。

「今日は、だれときましたか？」

「ともだちと、センセイと、です」

「じゃ、あれはお友だち？」

サムライが刀でキーラとショーンとイータンを指した。三人とも、わたしをぽけっと見ている。キーラはわたしにむかってカメラを構えた。

「ハイ」

「旅行ですか？」

「ハイ、ホームステイも、です」

「ホームステイ！　すごいねえ！　じゃ、これもやってみようか！　そこのお友だち！写真、バッチリ撮ってあげてよ！」

質問が終わって音楽が流れ出すと、ハズカシイのもふっとんで、わたしはやる気満々で刀を振り回した。おおー！　って歓声が上がる。サムライがやってくると、わたしはヤーッ！　って大声を出して切り倒した。拍手の嵐。

「どうでしたか？」

さっきの司会のサムライが駆け寄ってきて、わたしに聞いた。

「たのしい、です！」


おまえ、すげえな！　あんなに喋れるんだ！　ハイリーすごかったよね、ぼく、ソンケーしちゃうよ！　おれ、ぜんぜんわかんなかったよ、なに言ってんのか。すっげえ早口だったしさ。でも、おまえ、ぜんぶわかったんだ？

歩きながら、男子にそう言われて、ちょっといい気持ちだった。キーラが後ろからついてくる。ねえ、そろそろアクティビティ、やっちゃおうよ、もうすぐお昼だよ、ってキーラが言った。そうだな、腹減ったな、ランチの前に済ませておこうか、ってイータン。みんなそれぞれ、ワークシートを開いた。ヤマナカ・センセイの手書きの文字って、ちょっと右斜めあがり。

「親切そうな人を探しましょう、ってか？　おい、いるか、親切そうな人？」

つまり声かけやすそうな人ってことだよね、ってキーラがきょろきょろまわりを見回した。そんな人、どこにいるの、ぼく、ニホンゴできないし、ってローガン。ショーンも棒みたいにじっと立ってるだけだし、イータンなんかえらそうに班長やってるくせに、わたしに、おい、だれかに声かけてくれよ、喋れるんだから、ってぜんぜん自分から動かないじゃない？　なによ、みんなモジモジしちゃって。

わたしはお店が並んでいる方に向かって歩き出すと、おみやげものやさんの店先にいたわたしと同じくらいの歳の女の子におもいきって声をかけた。

「すみません、わたしはオーストラリアからきました。わたしのなまえはハイリーです。あなたのおなまえは？」

キーラがやってきた。黙って、わたしとその子のことを見ている。女の子はきょとんとした顔をしたけれど、すぐに嬉しそうに答えてくれた。

「さくらです」

サクラ？　チェリー・ブロッサムのことだ。カワイイ！　カワイイ名前！

「さくらちゃん、どうしたの？」

お母さんっぽい女の人がやってきた。わたしはその女の人に向かって、同じ質問を繰り返す。すみません、わたしはオーストラリアからきました。ハイリーです。あなたのおなまえは？　サクラが女の人を見上げて、女の人はサクラを見て、わたしと、それからキーラを見た。キーラはわたしのとなりで、ワークシートに「サクラさん」ってボールペンで書いていた。

「私は由美子《ゆみこ》です。さくらの母です」

「ユミコ、だって。書いて、キーラ」

「うん、わかった」

キーラが、「ユミコさん」って書いて、ハハってなに？ってわたしに聞いた。わたしはキーラにお母さんのことだよって返事した。キーラは「ユミコさん、サクラのママ」って書いた。なんか、いい感じ。キーラと仲直りできそう……！　つづけて、なんさいですか？って聞いたら、ユミコさんはちょっと吹き出して、さんじゅうきゅうさいです、って答えてくれた。サクラも、じゅっさい、って返事した。また喋れた！　できた！　やった！　ニホンゴを喋るのが楽しくって、ついでに、誕生日も聞いて、好きな食べ物、好きな動物、好きな色も聞いた。サクラが「6がつ12にち」「ラーメン」「ネコ」「ピンク」って答えた。思わず「わたしもピンク大好きです」って答えた。わたしのニホンゴ、本当に全部通じてる！　楽しい！　もっともっと、ニホンゴ、うまくなりたい！　キーラはわたしの質問にもサクラとユミコさんの答えにも、それからサクラとユミコさんとわたしの会話にもついていけなくなって、ボールペンを持ったまま、じっとわたしたちを見ていた。

「さっきからあそこにいる男の子はお友だち？」

ユミコさんが、お店の陰からわたしたちを見ている男子たちに目をやった。なんて言ってるの、ハイリー？　って、キーラ。

「そうです、あのボーイズ、トモダチ、です」

“She is wondering if those boys are with us”（男子のことトモダチかって）

違う言葉で聞いて違う言葉で返事しなきゃなんないのって、ほんとうに疲れる。これ、オーバーに言ってるんじゃない。頭の中も舌ももつれそう。わたしが男子を手招きして呼ぶと、あら、みんなカワイイのね、ってユミコさんは笑顔になった。男子たちのどこがカワイイのかわかんないけど、男子はサクラにニホンゴで話しかけて、ワークシートに記入できたって喜んでた。ローガンなんか、完全にわたしをあてにして、ハイリー、何歳か聞いてよ、ハイリー、あの女の人の名前聞いてよ、ってうるさかった。

「何してんの？」

ニンジャのコスチュームをきた男の子がやってきた。サクラよりちょっと小さい。男の子のお父さんぽい人も来た。わたしたちは、その人たちにもニホンゴであいさつして、ニホンゴで名前とか歳とか好きな食べ物とかを聞く。男の子は「シュウ」で、男の人は「ヤスノリ」で、好きな食べ物は「ヤキソバ」（なんだろう？）と「おにく」（肉のことだと思う）。サクラの弟とお父さん。

「行こ！」

シュウは屋根の瓦《かわら》みたいな物を指さした。ニンジャの格好をした子どもがたくさんそこにのっかって、写真を撮っていた。あれだと、いかにも屋根の上でニンジャやってますって写真が撮れるんだろうな。ローガンはシュウのニンジャの格好を見ただけですっかり興奮していたので、わたしが、「一緒に行こうって言ってるよ」って通訳したとたん、シュウといっしょにそっちへ飛んで行った。ショーンもイータンもローガンにつづいた。わたしとキーラはそのままそこに残った。サクラがにこっと笑って、ハロー、って言った。ハローってわたしたちも答えた。

「あなたたち、だれか大人と一緒なの？」

ユミコさんが聞く。わたしは、センセイがいます、って答えた。キーラはわたしとユミコさんが話しているあいだ、サクラの片言の英語に答えていた。ママ、聞いた？　ねえ、聞いた？　って、こんどは、サクラが大喜びしている。どっちの言葉もわかるのって、いっぺんに友だちも世界も二倍になる。

「そちらのお嬢ちゃんは、お名前なあに？」

ユミコさんがキーラに聞いた。わたしはキーラのかわりに、キーラです、って答えた。サクラとユミコさんにさよならしたあとも、わたしはニホンゴ喋るのが楽しくって嬉しくって、会う人会う人に「わたしはハイリーです。オーストラリアからきました。あなたのおなまえはなんですか？」って聞いて歩いた。サクラの家族みたいな家族連れもいたし、若い人のグループとかカップルもいたし、おじいさんおばあさんもいた。アクティビティのワークシートは書き込みでいっぱいになった。

「なあ、腹減った！　なんか食べようぜ」

ショーンがやってきた。ニンジャのコスチューム着たいって、ローガンがイータンにわめいてた。キーラはお店の壁にもたれてじっとわたしを見た。

「わたし、お店のもの食べるのこわいから、やめとく」

キーラはその場にしゃがみこんだ。キーラはアレルギーがひどくて、玉子の入ったものはほとんど食べられなくって、玉子の入ってないものって、お店でほとんど売ってない、らしい。だから、キーラがみんなと食事しないっていうのはいつものことだけど、それだけじゃなくて、彼女、さっきからものすっごく機嫌が悪いっていうのも、ローランド・ベイに入学してからキーラとずーっと一緒のわたしにはすぐわかった。キーラにかかると天井の雨漏りは大洪水になるし、マッチの火は山火事になる。そこがまたこの子のおもしろいところなんだけど、ちょっとしたことですぐ大喜びしたり大騒ぎしたり、こんなふうに怒り炸裂《さくれつ》になっちゃう。じゃ、おまえそこで待ってろよ、おれたち、なんか買ってくるわ、そこで場所とっといてくれよ、って言い残して、ショーンとイータンはさっとお店につながっている狭い道に入っていった。

「待ってよぉ！」

ローガンがわめきながらふたりのあとを追った。わたしは、キーラを残していくのがなんかイヤで、どうしようか迷っていたら、キーラがすっとわたしの前に立った。

「あんたもさっさと行けば！」

キーラの緑色の目がギラギラとわたしを睨《にら》み付けた。

「なにそんなに怒ってるのよ⁉」

「よく言えるわね、あんただって、きのう、あんなに怒ってたじゃない！」

ズバリと言われて、わたしは何も言い返せなくなった。

「ちょっとニホンゴ喋れるからって、えらそうに」

「えらそう？　じゃ、わたしも言わせてもらうわよ、キーラっていっつもそうなのよ、知らない人に声なんかぜったいかけられないんでしょ、今日だって、いつのまにか人のとなりにきて、わたしにぜんぶ質問させたのだれよ？　ちゃっかりアクティビティだけはやっちゃって！」

なんでこんなこと言っちゃうんだろう？　本当はこんなこと思ってない、キーラがシャイなのはむかしからだし、そんなキーラのかわりにわたしが他の子と先に喋って、キーラもわたしのあとからだんだんとその子と喋れるようになるっていうの、わたし、けっこう好きなのに。だって、わたし、それくらいしか、キーラのためにしてあげられることとってないんだもん。

「それはあんたが人のことを考えられないからでしょ！　わたしに出番をくれないからよ。ペラペラ喋っていい気になって、こういうことが苦手なわたしのことバカにしてんでしょ！　正直に言いなさいよ、わたしのこと、頭でっかちで役立たずだっておもってんでしょ！」

「なにそれ……！」

「だいたい、気に入らないのよ、日本に来てからのあんたって。ニホンゴを特訓してきたのにユイカんちでは英語でしか喋れないってぼやいたり、昨日は一日中キゲン悪くて、みんなあんたのせいで楽しい気分ブチ壊しだったじゃない！　あんたってサイテー！」

わたしはショックでしばらくなにも言えなかった。わたし、本当にそんなつもりはなかった。体がぶるぶる震えてきた。

「そんなふうに思ってたんだ、信じらんない……」

わたしがそうぽつりと言ったあと、キーラは一瞬青ざめたけれど、もう止まらないって感じだった。

「何回でも言うわ、あんたってサイテー！」

「キーラこそ、サイテー……。キーラなんか、キーラなんか、もう親友じゃないから っ！」

そう言った瞬間、わたしのバカ、なんでこんなこと言うの、いっぱい友だちいるけど、嬉しいこと、困ったこと、どっちも真っ先に飛んでいって話を聞いてもらうのはキーラ、そんなことできるのってキーラしかいないのに、それなのに、って泣きそうになった。いままで、超ドデカ級のケンカっていくつかやったけど、お互い、ここまでヒドイこと言わなかった。

「それ、こっちのセリフよ！　バカッ、ハイリーのバカァー！」

キーラはほとんど吠《ほ》えてた。いつもズケズケ言うけど、言い方が正直で素直っていうのか、ぜんぜん嫌みじゃないし、おまけにクールな笑いがあの子らしくって、傷つけられることってほとんどない。一部の男子には、キーラのことをサバサバしていてつきあいやすいとか、あのハッキリ、キッパリしたところがチャーミングだって言われているのも知っている。それなのに、なんで？　……たぶん……、これって……、きっと、英語だからだ。自分の言葉って喋りだすと止まらなくなる。だから、自分の言いたいことがいつも先。自由自在すぎて、かえってお行儀が悪くなるっていうか、ほんとに思ってないことまで、口から出てきちゃったりする。それに、ここ、日本だからかも。いつもと違う場所にきて、テンションあがっちゃってるっていうか、いつもだったらやれないこともここだったらやっちゃえるし、言えないことまで言っちゃってる……！

「もう知らないっ！」

わたしはキーラをひとり残して、男子たちが入って行った道に走っていった。

＊

「コータ、眠ってないんでしょう、昨日」

リアン・オキャラハンがあきれ顔で光太朗を見た。子どもたちを送り出したあと、連れだって敷地内をぶらりと一周したが、一時間もしないうちに一休みしたくなり、光太朗はベンチに腰掛けた。だめよ、いくら若いからっていっても、寝不足って人格変わるのよ、ここまできてアクティビティを考えて、手書きのワークシートまで作ることなかったでしょうに、と言いながら、冬空を見上げた。

「ほんとに、楽しいんですよ、この仕事」

昨夜ホテルの部屋に戻ってから、眠ろうとして眠れなかった。思い切ってベッドから起き上がり、ベッドサイドに備え付けのメモ帳とボールペンでレッスン・プランを考え、「館内のご利用施設について」のフォルダに入っていたレポート用紙でワークシートを手書きで作りおえると、空は白み始めていた。うすい紗《しゃ》のカーテン越しに見える青ざめた京都の街にしだいに朝陽がさすと、金色の光の膜に包まれた街からはちいさなささやき声が洩《も》れはじめた。車が流れ始め、人がひとりふたりと、どこからともなく現れた。結露が窓ガラスを涙のように伝い、塵《ちり》や埃《ほこり》をぬぐったあとには、はっきりと街の詳細が浮かび上がる。息を詰め、じっと目を凝らしてそこを見つめる。うつくしさの全容は、このように小さくささいなことで満ちている。あのころはわからなかった。それを知ることは、大きな哀しみでもあるということが。しかし、不思議と、そこに懐かしさは浮かび上がってこなかったのだった。

「あの子たち、うまくやってるかしらね」

「大丈夫でしょう、いまのところ何の連絡もありませんし」

「今日も寒いわね。また、雪になるのかしら」

あなたもちょっとひとりで息抜きしてきたら？　とリアンは光太朗にすすめた。二泊三日のスクール・キャンプに連れて行くだけでもひどく疲れるのに、七日間の海外ですもの。しかも、今回はほとんどあなたに頼りきりだわ、言葉ができないのってやっぱり不便よね。すまないわね、コータ。

「とんでもない。謝らないでください、リアン。ここはぼくの国ですよ。ぼくにしたら国内旅行と同じですから」

そーお？　とのんびりした声をあげたリアンをベンチに残し、光太朗はもういちど敷地内を歩き始めた。ここはぼくの国ですよ、か。ほんとうにそう思っているのか？　いまのところはそうだけれど、この先のことはわからない。現に、帰国するたび、おかしな錯覚に襲われる。今回も、ああそうだったと思わせられる事柄が目白押しではないか。だんだんと、祖国が自分によそよそしくなる。いつでも帰ることができるとはいえ、いちど去ってしまえば、そう簡単には元通りというわけにはいかないのが祖国なのだ。一方、距離的物理的に切り離されて夢まぼろしの彼方《かなた》になる祖国とはちがい、意識さえしていれば母語は決して自分を見放すことはない。しかし、あちらでは、自分の母語は声にしたとたん、書き記したとたん、周囲には外国語として翻訳され、このうえなく無防備になる。本来とは違う発音、元来の意味を超えた解釈の海に投げ出されて、マストも帆もない言葉の筏《いかだ》は、波に漂うか嵐で転覆するかのどちらかだ。しかし、母語に関わるこの仕事を選んだせいだろうか、郷愁という大波に流されることは、いままでなかった。長屋風の家屋を通り抜けたところで、聞き慣れた子どもたちの歓声が聞こえてくると、光太朗はニヤリとした。「銭形平次《ぜにがたへいじ》の家」をチラリと覗くと、座布団に三角座りしたニックの両脇でジョジーナとシャンテルがバンザイをして、それをリヴァイが写真に収めているところだった。

「もう少し、なんとかならないか？　そのポーズ」

「ヤマナカ・センセイ！」

光太朗はリヴァイの手からカメラを取った。リヴァイが畳の上に寝そべると、A班全員がファインダーに納まった。シャッターを切る。

「こんどはセンセイもやろう！」

「センセイ、一緒に撮ろうぜ！」

「ラッシー、ランデン、ラッシー、ランデン！」

「あ、きみたち靴脱いでるか⁉」

光太朗が反射的に地面に目をやると、人数分のスニーカーがきちんと揃えて並べてあった。生徒たちは光太朗を中心に据えると、ピースサインを一様に並べた。いくぜ！　リヴァイが叫んだ。

「ホリディー！」

光太朗はA班の生徒に集合時間をもういちど確認させて、「銭形平次の家」を出た。噴水の前まできてなにか温かいものが飲みたくなり、売店を探した。コインロッカーのあいだを通り抜けようとして、そこに公衆電話があるのに気がついた。大学のキャンパス、学生寮の食堂、アルバイト先のレンタル・ビデオ店。あのころ、こんな緑色の公衆電話はまだ至る所で見かけた。公衆電話にゆっくり近づいた。受話器をあげた。百円玉を入れると、指先が記憶を先回りした。次々にボタンに触れた。まわりで若者のグループがわっと声をあげた。呼び出し音。もしもし、と受話器の向こうで声がした。無言のまま、光太朗は受話器を握りしめた。ママぁ、でんわ！

「もしもし、どちら様ですか？」

受話器を置いた。受話器に手をかけたまま、光太朗はその場でしばらく自分の心臓の音を聞いた。若者のグループがまた笑い声をあげた。光太朗はその場でしばらく自分の心臓のコインロッカーをすり抜けると、足早に敷地内に戻った。自分の靴音の上から、胸の鼓動が騒がしく追いかけてきた。

「ヤマナカ・センセイ！」

知った声に呼ばれてふりかえると、ハイリーがいた。どうした、と光太朗は声をかけた。これは昨日とはまた別件だな、と光太朗は頭をかいた。

「キーラなんか、キーラなんか……」

「キーラとケンカでもしたか」

少女が顔をあげてうなずいた。

「キーラ、怒ってる」

「きみもだろう、ハイリー」

「うん」

「日本には、ケンカ両成敗って言葉があるんだ」

なにそれ、って純粋な知識欲をむきだしにして少女は聞いた。つまり、ケンカするっていうのは、どっちも悪いってことだ、と光太朗は小さく笑った。

「キーラが悪いのよ！」

「じゃ、キーラに聞いてごらん、きっと、キーラも、ハイリーが悪いって言うよ」

少女の頬から、しだいに涙が乾いていった。なんでよ、なんで？　キーラと仲直りしたいのに、なに言っても、ヒドくなるばっかり！　ほんとはあんなこと思ってないのに……！　そんなもんさ、言葉なんかおそろしく頼りないね、たかがしれている。口約束、言い訳、ウソ。こんなのもぜんぶ、言葉の仕業だ。ケンカするにももってこいだ。あんなこと言った、こんなこと言われた、ってね。でもね、喋らなくても、相手の声とか目とか、身振り手振りだけでも、気がつくことだってあるんだよ。嬉しいとか哀しいとか、疲れているとか、困っているとか……特に日本の人はね。動悸《どうき》が静まるのを待って光太朗は言った。

「インタビューのアクティビティ、やったか？」

光太朗がそう尋ねると、ハイリーは、うん、とうなずいた。ニホンゴで喋れてすっごく楽しかった。ニホンゴ通じるのも、ニホンゴがわかるのも、メチャメチャ嬉しかった。少女の顔が輝いた。光太朗もニコリと笑顔になった。この楽しさと嬉しさ、そして達成感。自分にも覚えがある。でも、わかった、通じた、できた、だけでは、会話など到底続かない。それどころか、限られた言葉では表面的なつきあいしかできないのだと思い知らされて、ますます距離が開く危険だってある。

「どうやったら、答えてもらえた？」

「まず自己紹介したよ。それから質問した。そうするようにワークシートに書いてあったじゃん」

「そうだ。知らない人だから、まず初めに、自分のこと知ってもらわなきゃいけない。なるべく丁寧にね。会話するとき、知らない相手ほど怖いものはないんだから。それから、相手の話を聞けるといいね。人間、自分の話を聞いてもらえるのが一番嬉しいものなんだ。たとえ、ケンカでもね」

「ケンカでも？」

「そう」

「口約束でも言い訳でもウソでも？」

「そうだよ」

「すっごく怒ってても？　腹立ってても？　嫌われていても？」

「たぶんね」

受話器の向こうの穏やかな沈黙。一呼吸、言葉の枷《かせ》から解き放たれると、ありふれた暮らしが語りかけてきた。母親の手がひきよせた幼子の頭を優しく撫《な》で、柔らかな髪を梳《くしけず》る。かつて自分に食事を調えてくれたのも、稼ぎ手になってくれたのも、裸の背中を滑っていったのも、おなじ手。あの手のことははっきりと思い出せるのに、その手の持ち主の顔をよく思い出せない自分に光太朗は愕然《がくぜん》となった。故郷を離れて八年、よそよそしくなる祖国につかのま、こうして抱かれて思い出すのは、あのころのこと。光太朗は目を閉じた。今はただただ、懐かしい。思い出が、またたくまに輪郭を失って輝きだした。

「キーラ、わたしが声かけたら、喋ってくれるかな？」

光太朗はメガネをとった。冬の曇り空は依然灰色に垂れ込めていたが、太陽が眩《まぶ》しくてたまらないといったふうに手をかざすと、メガネを元通りかけ直し、ふと笑みをもらした。

「自分の話を聞いてもらえると、こんどは相手の話を聞きたくなるもんさ。そうじゃなきゃ、会話なんか始まらないしな。そうだなぁ、またケンカになってもいいんだったら、かんばってキーラに声をかけてみろよ。とにかく、こんなジャパン・トリップ、つまらないだろ？」

「ヤダ！　イヤ！　こんなのイヤったらイヤ！」

少女はやおら後ずさりすると、背を向けて駆け出した。

「集合時間、もうすぐだぞ！」

教え子は片手をあげて返事した。

＊

手が冷たい。指がかじかんで動かなくなっちゃってる。

男子たちはランチを食べ終わっていて、わたしの顔をみると、どこいってたんだよって聞いた。トイレ、ってわたしは答えた。

「キーラは？」

男子がお店のほうを指さした。指さされたほうに走っていくと、さっきサクラに声をかけたおみやげものやさんの店頭で、ポケットに手をつっこんで立っているキーラの姿が見えた。どうしよっかな、ってちょっと迷ったけど、キーラがどんなに怒っていてもいいやって思った。だって、今日でジャパン・トリップ、最後なんだもん。もう、あんまり時間ない。ふたりであれしよう、これしようって目がチカチカするまでグーグルしたのに。

「キーラ……」

キーラはわたしの声に振り返ったけれど、すぐぷいっと向こうを向いた。一瞬グラッてなった。さっき、いろんな人にインタビューしたときだって、いろんな人がいた。日本人はみんな親切だっていっても、やっぱりそうじゃない人だっていた。わたしたちがニホンゴわかんないと思って、わたしたちの目の前で言いたい放題言ってる人たちだっていた。「見てー、この子たち」（大人の観光客はたくさん見かけるけど、わたしたちみたいな子どものグループはあんまり見かけないからだろう、って、ヤマナカ・センセイは言ってたけど、わたしたち、見世物じゃないんだってば）、「なにやってんのかしら？」(みりゃわかるでしょ、決まってるじゃない、あなたたちと同じで、遊びに来てるんだってば)、「この子、カワイイ！ でも、そっちの子はザンネンだねー」(ザンネンっていったい何？ 「カワイイ」のあとに「でも(but)」って聞こえたから、カワイイ、but 何なの？ 一体何が言いたいの？ メチャメチャ失礼しちゃう！)。言葉わかるのって、けっこうイタイ。こんなふうに聞きたくなかったことまでビシバシ聞こえてくる。ショーンなんて、なに言われているのか全然わかんないくせに、あんなふうにジロジロ見られてピンときたみたいで、「こういうのガマンできねえよ！」って、その場から逃げ出しちゃった。逆に、いまのキーラみたいに、話しかけてもそっぽ向いちゃう人もいたし。たしかに、どっちも気分悪かったけど、あの人たち、別に知り合いでも友だちでもないし、ほっとけばいいじゃん、ってわたしは思った。でも、知らない人だとガマンできても、親友に同じことされると、まるでビンタくらったみたいに、もう泣きたくなってくる。

「キーラ、聞いて」

「キーラ、ね、ってば。こんなのイヤだってば」

「こっち見てよ、キーラ……」

だんだん惨めになってきた。なんか、バカみたいじゃん……、わたし。でも、こうするしか、ないんだもん……！ それに、いつまでもこんなのイヤだもん、せっかくキーラと一緒にジャパン・トリップ来られたんだもん……！

キーラの目の前には、たくさんのおみやげものが詰まった木の棚があった。きのう買いそびれたお財布とそっくりなのが、一番目立つところに飾られていた。

「カワイイ!」

思わずわたしはニホンゴで大声を出した。キーラが振り返った。

「カワイイおみやげ、カワイイ服、カワイイ犬、カワイイ人……」

キーラのすごいところは、覚えたことをその場ですぐに使いこなせるっていうところだと思う。ニホンゴに限らず、算数でも理科でも社会でも、ひとつ覚えたら、教わらなくても自分でつぎつぎやれる。

「カワイイ、お財布」

キーラがまっすぐわたしを見た。そして、リュックサックを背中から下ろすと、紙袋を出してわたしに手渡した。中から小さな包みが出てきた。包装紙をはがすと、あのサクラの模様のお財布が出てきた。

「カワイイ財布、デス。ん? デシタ? デスネ? デショウ? どれだったかな」

「デス」

あ、そっか、ってキーラは言って、なに? ってわたしを見た。

「えーと」

なんだったっけ、ってわたしが言った。キーラが返事してくれたことが嬉しくって、なにを言いたかったのかケロッと忘れてしまった。キーラが吹き出した。なによ、それ。

すごい顔してるから、あそこの「お化け屋敷」にでも行ってきたのかと思った。

「これ、わたしに？」

うん、昨日すごく欲しそうに見てたでしょ、ほんとは昨日渡したかったんだけど、なんか、あんた取り込み中だったから、って、キーラは口の中でモゴモゴ言った。そして、目の前の木の棚に手をのばして、わたしがたった今もらったのとそっくりのお財布をつまみ出した。ハイリー、こういうの好きだろうな、って今も思ってたんだ。……やっぱ、あんたがいないと、どこへいってもつまんないよ。言いたいこと言えないし。バカ笑いもできないし。キーラはそんなふうにブツブツ言ってから、いいよね、このお財布、ジャパンって感じするし、って顔をあげてわたしを見た。

「わたし、ユイカのこと、ちょっと言い過ぎたかな」

「ちょっとじゃなくて、かなりでしょ。おせっかい、とか、でしゃばりとか」

「だってその通りじゃん、ハイリーったら、あんなにがんばってニホンゴ勉強してきたのに、タコヤキ・パーティーのときも、あんたがニホンゴでがんばって言いかけてるのに、ぜったいにユイカがどっかから飛んできて、〝ハイリー、私が通訳してあげる〟〝ハイリー、私が言ってあげる〟。ハイリーはそれくらい自分で言えるってば、ハイリーは幼稚園児じゃないってば、いいかげんわたしの親友をバカにしないでよって腹立った。ハイリーはスポーツもできるし、老人ホームで歌うボランティアだってやってるし、それにやさしいんだから、ってもっと言いたかったわよ。それに、あの子の喋り方って、何でもいいから、自分の知ってる英語手当たり次第使っちゃえって感じだったじゃん？「プリーズ」《お願いします》とか「サンキュー」のマジックワード《丁寧語》、ぜんぜんなしだったしさ。なにいい気になってんのよ、人の国の言葉、そんなふうにオモチャにしないでよ、って、わたし、こんどあの子の顔見たら、ぜったいそう言うわよ！　英語大好きとかなんとか言ってたけど、あの子が大好きなのは英語じゃなくて自分じゃないの？」

　そこまでキーラは一気に言って、少し黙った。……わたし、日本きて驚いたよ。英語、ここまでみんな勉強してるんだ？　わたしの国の言葉、こんなに勉強してくれてるんだって思ったらカンゲキしちゃったよ……。わたし、あそこまでニホンゴって勉強したくないもん。ハッキリ言って、ニホンゴできなくったって生きていけるもん。だけど、なんのために、あそこまで英語を勉強しているのかは、よくわかんなかったけど……。でも、楽しいとか好きとかおもしろいとか、それよりももっとすごいんだよ。ユイカを見てりゃわかるよ。なんか英語できるだけでえらくなっちゃえるっていうか……。あの子の場合、そこのところ、かなり勘違いしているみたいだし、自分でも勘違いしてることに気づいてないみたいだから、よけいイラッてくるんだよね……。あの子、まさかニホンゴで喋っているときも、あの調子なの？　だったら、わたし、つきあいきれないよ。

　キーラは首を傾げると、で、さっき気がついたんだけどさ……、ってチラッてわたしを上目使いに見た。

「ユイカって、やっぱ腹立つけど、なんか悪い子じゃないと思うんだよね。あんたにちょっと似てるもん」

ユイカとわたしが似てる？

「どこが⁉」

わたしが目を白黒させていると、あんたがニホンゴ喋ってる時って、あの子が乗り移ったみたいになってんだよ、ってキーラは歯をぎしぎしやった。

「あー、そっか、ハイリーってユイカと同類じゃん、って思ったんだ。おせっかい焼くところまでソックリ」

「おせっかい？ わたしがいつおせっかい焼いたっていうのよ‼」

わたしが大声で叫ぶと、キーラはちょっとムスッとして、手にもっていたお財布の留め金を指でいじった。

「ほら、さっき、ここでインタビューしたとき、ユミコさんがわたしに名前聞いたじゃない、わたしに聞いたんだよ、あの人。あんたじゃなくて。でも、あんたが答えちゃった。わたし、なに聞かれたかちゃんと、わかってたんだよ！ それまで、ハイリー、やっとニホンゴ喋れてよかったねってこっちも嬉しくなってたのにさ、なんか、急にガッカリしちゃって、こんなのいつものハイリーじゃないって、悲しかったんだよ、わたし、たぶん」

わたしもイライラしててさ、ミサキんちではずーっとおいしいお米のメニュー作ってくれてなんでも食べられたのに、ホテルの食事、ぜんぜんダメだし、ってキーラはあとからブツブツ言ってたけど、彼女がすっごく傷ついているのはよくわかった。わたしもおなじ思いをした。わたし、ミサキとナナコに自分で話しかけたかったのに、ユイカが通訳してあげるって言いながら、わたしをミサキとナナコの前から押しのけちゃって、まるでわたしなんかいないみたいに喋りはじめて、わたし悔しかった、悲しかった、やりきれなかった。……わたし、キーラに同じことしちゃったんだ。そんなつもりなかったけど、やっぱりニホンゴ通じるの、楽しくて嬉しくて、キーラがそばにいることも忘れちゃって、キーラの気持ち、ズタズタにした。

――わたし、一番の友だちに、ヒドイことした。

ごめん、って言いかけて、さっきヤマナカ・センセイが言ったことを思い出した。言葉なんか頼りない、口約束、言い訳、ウソ、ぜんぶ言葉の仕業だって。わたしはどうしていいかわからなくなった。

「キーラ、見て！」

お財布に白いものが落ちた。

「これ、なんて言うの、ニホンゴで？」

キーラに聞かれて、わたしは昨日、センセイと秘密の散歩をしたとき教えてもらった、覚えたてのニホンゴをキーラに返した。

「ユ・キ」

「どんなスペル？　Y・U・K・I？」

「キーラ、見て、真っ白」

アルファベットでスペルしても、ひらがなで書いても、カタカナにしても、真っ白。カンジでもたぶん真っ白。一体、どんなカンジ、書くんだろう？

「わたし、やっぱりニホンゴ続けようかな……。でも、あんまり、将来役に立ちそうにないし、どうしようかな……」

わたしが空を見上げたままでいると、キーラが、うーん、って唸《うな》って、わたし、これ欲しいなぁ、って言うのがきこえた。

「このお財布、役に立たなくってもいいから欲しいな。カワイイし、キレイだし、持ってるだけでハッピーだし。……それに、ハイリーとおそろいだし。これ、買っちゃおうかな」

わたしはキーラについてレジまでいくと、自分のおこづかいを出してお金を払った。アリガトウ、ハイリーさん、ってキーラはニホンゴで言いながら、ヤマナカ・センセイに「これができたらすごいぞ」って教わった通り、ちゃんとお辞儀もつけた。大まじめな顔が、ごめん、って見つめてきた。ごめん、ってわたしも見つめ返した。それから、ウフフ、おそろいだね、って言いあって、ふたりで腕を組んで歩いた。

＊

「あー、おもしろかった！」

シャンテルがベッドにバッタリ倒れ込んだ。この二日間、ホテルでは彼女がルームメイト。昨日も、先にホテルに帰っていた彼女が部屋でわたしの帰りを待ってくれて、ずいぶんなぐさめてもらった。一緒にコンビニエンス・ストアで買ったお菓子たべたり、夜遅くまで喋ったりして、急に仲良くなった気がする。ふだんはおとなしくて、あまり口をきかないけど、それはガードが堅いっていうだけで、中身はかなりぶっ飛んじゃってるかもしれない。今もベッドに寝転がってジャーナルを開いたけれど、字のかわりに意味不明のフシギなイラストをあちこちに描いている。将来は、ファッション関係の仕事をしたいって言うだけあって、スーツケースには今回日本で買ったカワイイ服がいっぱい詰まっていた。ジャーナルを閉じてベッドから飛び降りると、ホストシスターのカノンと一緒に選んだ、って一枚ずつベッドにひろげて、靴や靴下（五本指の靴下があって、なにコレ！　キモイ、カワイイって大爆笑！）までカワイイづくしだった。今日のエイガムラも相当堪能《たんのう》したみたい。お昼過ぎに全員集合したあとは、みんなで「お化け屋敷」に入って（ローガンの声がうるさすぎて、怖がっているヒマなかった）、みんなでニンジャのコスチュームを着て（男子は完全にニンジャになりきっていた。男子って、ほんとバカみたい）、エイガムラをぐるりと一周した。ミズ・オキャラハンがそんなわたしたちを激写しまくっていた。

「どうしようかな」

シャンテルがふうと小さな息をついた。なにが？　ってわたしが聞く。

「八年生になったら、ニホンゴかフランス語か、どちらをやるか決めなきゃならないでしょ？」

うん、ってわたしは答える。キーラはフランス語にするって言ってたと思う。パリに行ってみたいから、って、笑ってた。それに、カンジが苦手だ、どうしても文字に見えない、ちっちゃな絵みたいであんなの書けない、十一、十二年生の試験に出てくるカンジなんて難しすぎて、とても覚えられそうにない、って。

「わたし、日本にまた絶対に来たい。こんどはハラジュク、行くんだ」

シャンテルはひとりごとみたいにつぶやくと、ぼんやり部屋の壁を見つめた。そのときまでにニホンゴをもっとやっておけば、役に立っていいかなって思うんだけど、って、黙り込む。

「でも、やっぱりフランス語を選ぶと思う」

どうして？　シャンティ、こんなに日本好きなんだし、ニホンゴにすればいいのに、ってわたしが答えると、うーん、だけどね……、って考え込んで、ベッドにひろげた服をきれいにたたみ始めた。

「わたしのママン、わたしがフランス語を勉強できるように、フランス語が習えるローランド・ベイ・グラマーにわざわざ入れたんだよ」

シャンテルのお母さんはフランス人で、シャンテルはフランスで生まれた。小さい頃、家族でお父さんの国、オーストラリアにきたって聞いている。いまも、家ではお母さんとフランス語で喋っているらしい。

「ママン、わたしにフランス語を勉強してほしいって思ってる。それに、フランスのおじいちゃんもおばあちゃんも、わたしがフランス語喋るのをすごく喜ぶんだよ」

わたし、いままで、二つの言葉を喋れるって聞いてもピンとこなかった。そんな人そこらじゅういっぱいいるし。わたしのおじいちゃんだって、オランダ語がペラペラ。オランダ人だもん。でも今日、英語とニホンゴで喋っているとき、不思議な気分がした。ひとつの言葉ばかりを使っていると、もうひとつはどうしてるかなって思う。留守番をしているもうひとつの言葉が気になって仕方なくなる。元気かな、寂しがっていないかな、大丈夫かな、って。だって、言葉って使わないとしなびる。ちゃんと世話しないと、元気なくなっちゃう。あんなに特訓してきたけれど、わたしが毎日使うのはやっぱり英語で、ニホンゴには留守番ばっかりさせている。だけど、わたし、ニホンゴのこと、絶対に忘れていない。それよりも、ニホンゴの方がわたしのこと忘れちゃわないかなって、心配。シャンテルもふだんはずっと英語で喋っているけれど、彼女がフランス語を忘れたり、フランス語に忘れられることって絶対ないと思う。フランス語に留守番させすぎて、もしもしなびちゃったとしても、クリスマスごとにフランスに帰って、フランスの太陽を浴びて、生まれ故郷で毎日を過ごせば、また元気になるんだと思う。

「フランス語で読めるのは簡単な言葉だけだし、書けるのは自分の名前だけ。フランス式のスペルだもん、わたしの名前」

シャンテルは、わたしを振り返った。わたし、おじいちゃん、おばあちゃんに、フランス語でクリスマス・カードも書けないいんだよ。イトコからもらった誕生日カードだって、読めない。こんなの、ぜんぜんダメだよ。そんなことないよ、喋れるだけでもすごいよ、ってわたしはシャンテルをなぐさめたけど、シャンテルは首を横に振った。

「喋るだけなんて赤ちゃんにだってできるよ、わたしのフランス語なんて、このままとなんにもできないのと同じだよ」

フランス語の授業を受けたら、ちゃんと読み書きが習えるでしょ、わたし、フランス語はやっぱり読めて書けるようになりたい、いつまでも赤ちゃん言葉なんてダメだよ、ってシャンテルは真剣な顔になった。そうなんだ、ってわたしはうなずく。そういえば、キンカクジから乗ったバスに貼ってあった広告、わたし、全然読めなくってショックだった。完全にヤラれたー、まさに「瞬殺」って感じで。エイガムラでインタビューしたとき、何回か通じないことがあってヘコんだけれど、あそこまでショックじゃなかった。文字って、ほんと冷たいんだから。喋り言葉とちがって、あっちからはぜったいに近寄ってきてくれない。いつも紙の上でおすましちゃって、そう簡単にはなついてくれない。超手ごわい、かも。

「それに、ちゃんと勉強しないとフランス語喋ってフランス人になりすましても、ホンモノのフランス人にはすぐにバレちゃうよ。今日みたいに片言のニホンゴで完全に観光客やってるのってすっごくラク。どっちの国だとかどっちの言葉だとか、それに自分がどっちの人間だとか、何人《なにじん》だとか、いちいち気を遣わなくてもいいし、おかげで思いっきり楽しめちゃった」

シャンテルはキャハハと笑い声をあげた。ハイリー、フランスの女の人ってカッコイイんだよ、バリバリのオトナの女で、冴《さ》えてるっていうか、キマってるんだよね。憧《あこが》れちゃう。うちのママンだってフランス人でしょ、その上バリバリのキャリア・ガールなの、たしかにカッコイィけど、もうやってらんないわよ、「女性の美しさっていうのはねえ、内面から溢《あふ》れ出るものなのよ」とかナントカ言って、着る服っていったら黒のスーツかグレーのセーターでしょ、あんなの部屋着とおんなじじゃないってわたしは思う。とにかく、すっごくつまんない！　遊び心なんてゼロ！　だから「カワイイ」がまるでわかんないんだよぉーって、こんな服見たらママン、気絶しちゃうかもって、うわーん！　ってなった。

「とにかくフランス語って、わたし、すごく懐かしいんだよね、あの音聞いてるとね、おじいちゃんとおばあちゃんの家の近くにあるきれいな湖、ふわーって目の前に出てくるんだ……。むかし、あの湖のあるあたりにパパとママは住んでて、そこでわたし、生まれたんだって。だから、もう、自分の一部っていうのかな」

ニホンゴはおもしろいし、あの音だけじゃなくて見た目もエキゾチックだし、いままで全然知らなかった国にも来られて、こんなめずらしい経験もできたけど、やっぱりフランス語ほど気合いが入らない、それに日本は英語通じるし、ってシャンテルは最後に付け加えた。わたしはさっきからずっとうなずいてばかりいる。シャワー先浴びていい？　ってシャンテルが聞くので、うん、いいよ、先入っておいでよ、そのあいだにジャーナルつけておくから、ってわたしは自分のスーツケースを開いて、ケースの蓋《ふた》のポケットにつっこんでおいたジャーナルを取りだした。今回の旅行ではおこづかい帳のほかに、毎日ジャーナルをつけるように言われている。そのままベッドに移動しようとして、ジャーナルからなにかがカーペットの床に落ちた。拾い上げて、ベッドのそばに立ったまま、わたしは封筒の端を破いて、中の手紙を取りだした。ひとつずつの文字の間隔が同じで、見ただけで、日本人が書いたってモロわかるアルファベット。

Dear Hayley.
I wish we had more time together however I was really happy to see you again. I hope you have a safe trip home. Love,
（ハイリー様。もっと一緒に過ごせればよかったと思います。でも、また会えて嬉しかったです。気をつけて帰って下さい。大好きです）

最後にカンジが二つ並んでいた。見たことのない字。わたしはその小さな絵それぞれにしばらく見入る。氷の柱のような直線が、折り重なるようにして並んでいる。まっすぐで、張り詰めていて、いまにもぽきぽき折れてしまいそう。線と線が交わるところは、小さな花で結ばれている。線と線のすきまから、雪の朝がやってきた。遠くと近くがなくなる。光が跳ね回って、あたりが白くなった。鳥のはばたきのあと、翼の形をしたきらめきが落ちてきた。

シャンテルがシャワーを使う音が聞こえてきた。わたしは身を翻し、手紙を手にしたまま廊下に出て、ヤマナカ・センセイの部屋の前まで来た。ドアをノックした。エキゾチック、全然知らない国、めずらしい経験。でも、いまのわたしには、ぜんぶ懐かしい。スノーフレーク《雪の結晶》に似た外国の文字は、もう、わたしの一部。

「ヤマナカ・センセイ！」

センセイ、早く。ドアが開いた。センセイ、早くってば！　デスクランプのあたたかそうな橙《だいだい》色の光がドア越しに漏れた。ヤマナカ・センセイ、早く！　この字、いますぐ覚えてしまわないと溶けてなくなっちゃう……！

「どうした、ハイリー」

センセイがドアから体を半分出した。わたしは手紙を広げて、センセイに見せた。ちいさな氷の絵。将来役に立たなくってもいい、でも、わたしはこんなにカワイくて、キレイで、持ってるだけでハッピーになれる絵がいっぱい欲しい……！

「ヤマナカ・センセイ。これ、なに？　なんて読むの？」

わたしが指さしたカンジを見るなりセンセイは、ふっと笑顔になった。

「結花《ユイカ》、ちゃんか。こんな字、書くんだな」

＊

「キレイな字だな」

「そうなんだ」

ヤマナカ・センセイとわたしは、エレベーターの前にあったソファーにならんで腰掛けていた。ヤマナカ・センセイが部屋から紙を出してきてくれて、ボールペンでユイカの名前の漢字を大きく書き写してくれた。ついでにひとつずつ意味を教えてもらっていたら、ミズ・オキャラハンがあわててやってきた。あなたのホストファミリーが下にお見えよ、忘れ物を持って来てくださったんですって、って言う。

「忘れ物？」

ユイカんちに、なに忘れたっけ？

「綾青のミス・ウォーターハウスに、私たちが泊まっているホテルを問い合わせてくださって、わざわざここまで来てくださったみたいよ。お待たせしちゃ悪いわ、さあ、行きましょう」

じゃ、僕もご挨拶《あいさつ》に参りましょう、ってヤマナカ・センセイも一緒についてきた。エレベーターにのっている最中も、いろいろ考えたけど、忘れ物なんかした覚えないのになぁ、って不思議でたまらなかった。エレベーターのドアがひらくと、ナカムラ・ファミリーが待っていた。三人ともぶあついコートを着て、外はよほど寒いのか、ユイカはほっぺたが赤かった。

「ハイリー」

ユイカが飛んできた。ユイカ、ってわたしもエレベーターを急いで降りた。まさか、また会えるなんて……！

「これ、忘れてたよ」

ユイカがブルーのミトンをわたしに差し出した。スキーにいったとき、ユイカのママがユイカとわたしに買ってくれたおそろいのミトン。もうこれはあなたのだから、持って帰っていいのよ、スキーの思い出にしてね、って言われていたのに、わたし、わざと持って帰らなかった。ユイカの両手にもミトン。手の甲のところに、トナカイと雪の模様がついている。

「手袋でしたか、ありがとうございます、わざわざこんなところまで」

ミズ・オキャラハンがナカムラ・ファミリーにお礼を言った。これだけのために、わざわざ、来てくれたんだ、ユイカ。

「いいえ、後で送ればいいとも思ったんですがね、娘がどうしてもって言うものですから」

ユイカのパパがまたハリウッド英語で喋り始めた。ヤマナカ・センセイが近づいてきた。ニホンゴで、ユイカに「ありがとう」ってお礼を言った。ユイカはちょっと恥ずかしそうにして、ヤマナカ・センセイにはニホンゴになった。わたしはなに言ってるのかさっぱり、だった。ふたりがホンモノのニホンゴで喋るのを聞いていたら、やっぱり、綾青の子たちも、今日のエイガムラでインタビューした人たちも、わたしたちにはかなり手加減して喋ってくれてたんだなって、ちょっと落ち込んだ。わたしが黙っていたら、ヤマナカ・センセイが、ユイカはニホンゴで「Ｎｏ Ｗｏｒｒｉｅｓ《ノーウォーリーズ》」って言ったんだよ、ってわたしに説明してくれた。ユイカが横からなにそれ、って聞くので、オーストラリアでは、こんな時を含めて、いたるところで使う表現だってヤマナカ・センセイはハハハと笑った。

「ノー・ウォーリーズ？」

ユイカがそう口にした。ちゃんと言い方があっているかどうかわたしの顔を見ながら確認して、慎重に、それから大切そうに。わたしも本とかアニメからじゃなくて、人から口移しで習うときは、いまのユイカみたいになる。それにこうしてもらった言葉は、絶対に忘れない。いつ、どこで、誰から、どうやって、どうして教えてもらったか、そのときの思い出がその言葉の裏に張りついているから。わたしも、ヤマナカ・センセイに、さっきユイカが言ったあの言葉を繰り返してもらった。ユイカがやったのと同じように、相手の顔を見て、あっているかどうか確認しながら言った。

「ド・イタシ・マシ・テ」

ユイカがにっこりとした。ユイカ、こんなふうに笑うとやっぱりすごくいい子。ユイカとおそろいのブルーのミトンを両手に嵌《は》めた。その手でユイカをハグした。……わたしたち、似てるんだって、ユイカ。ユイカ、別の言葉喋るのってすっごく楽しいよね、なんでユイカがあんなに英語で喋りたがったのか、わたし、わかったよ。だって、こんなに楽しいうえに、わたしがニホンゴで喋ると、えらいね、すごいね、上手だねってほめてくれる。みんな、わたしのニホンゴ、わかろうとしてくれて、一所けんめい、話を聞いてくれる。そのうえ、「ほんとうに助かった」とか「安心した」とか「Ｔｈａｎｋ Ｙｏｕ」とか「アリガトウ」ってお礼言われちゃったりしちゃうと、もう、嬉しくて。喜んでもらえたって。みんなの役に立てた、って。ユイカもそうなんじゃないの？　ユイカがぎゅっとハグを返してきた。

——わたしのトモダチ。

「じゃあね、ユイカ」

わたしがユイカの耳元でそうつぶやいたとたん、ユイカはぱっと体を離すと、いきなりドアのほうへ駆け出した。

「ユイカ！　ハイリーにもっとちゃんとさよならを言いなさい！」

ユイカのママが大声で怒鳴った。ごめんなさいね、もうほんとに勝手な子でしょ、親の言うことなんて全然聞かないのよ、ってユイカのママは困った顔をしてわたしに言った。わたしは、そんなことないです、って思わず大声になった。

「ユイカ、すっごくえらいです！　ユイカ、がんばって英語勉強してます！　だって、パパとママが喜ぶから！　それに、英語だったら自分の話、聞いてもらえるから……！」

＊

次の日の夕方、空港で飛行機を待っているあいだ、キーラとわたしはおたがいのデジタルカメラを覗き込んだ。キーラのカメラには、ミサキとササキ・ファミリーがあふれていた。わたしのカメラにはナカムラ・ファミリーとスキーに行ったときの写真。でも、ユイカやユイカのパパとママはちょっとしか写っていなくて、真っ白のゲレンデとか雪景色のほうが多かった。それに、わたし自身がほとんど写ってなかった。

「あんたはわたしのカメラにいっぱい写ってるよ」

キーラは自分のカメラをわたしに持たせて、つぎつぎに画像を再生してくれた。綾青の学校、英語の授業、タコヤキ・パーティー、最後お別れを言ってバスに乗り込むところ……いたるところにわたしがいた。キーラ、ケンカしててもわたしのこと、ちゃんと見てくれていたんだ。やっぱり、キーラはわたしの親友。

「キーラ、向こうに戻ったら、このデータ、送ってもらってもいい？」

「ノー・ウォーリーズ」

動画にすると、昨日の、刀でサムライやっつける場面が出てきた。わたしは顔から火が出そうになった。マジ!? こんなんだったんだ、わたし! バカみたい! ウソッ! ヤダ!

「いやあ、あれはおもしろかったよ、ほんと」

キーラはまるで大スクープをすっぱ抜いたみたいに満足そうだった。ちょっと見てみなよ、これ、ってまわりのみんなにも見せびらかしはじめた。ジョジーナとシャンテルがやってきて、わたしのハズカシイ動画を覗き込んだ。なにコレ! ハイリーすごいじゃん、B班ってこんなことやったんだ!? わたしたち、こういうの見かけなかったよ、ウソー! って、ふたりがキャーキャー騒いだ。男子もやってきて、そのうちみんなで大爆笑になった。

「おい、ハイリー。これ、何回見ても笑えるぜ。すげえ楽しかったな!」

イータンが泣き笑いしながらわたしを見た。……ヤなやつ……、昨日は一日中ローガンの世話あれこれ焼いて、あんなにしょっちゅうわめかれても泣かれても、ブツブツ言いながら最後まで面倒みてた。自分のことを後回しにしても、人のこと手伝ったりするし。けっこう優しいとか? 頼りになるとか? ヤダッ、こっち、じっと見ないでよ、ヤバい、目、合っちゃった! なんか……、さっきからすっごいヘン……、ショーンのほうがぜったいかっこいいのに……、なんなのよ……、ヤなやつ……。わたしは「うん、楽しかった」、って小さな声でイータンに返事すると、うつむいた。

「よし！　B班のみんなで写真撮ろうぜ！　きのう撮り忘れただろ？」

B班の班長は張り切って立ち上がった。ジョジーナも負けずに立ち上がる。A班も撮るわよ！　搭乗口のところにA班、B班分かれて立つと、頼まなくてもミズ・オキャラハンがやってきた。そして、生徒全員のカメラを受け取り、つぎつぎに撮ってくれた。

「ねえ、ヤマナカ・センセイとミズ・オキャラハンとも撮りたいよ」

「全員の写真ってねえんじゃねえの？」

「ヤマナカ・センセイ！　あそこの人に撮ってもらいませんか？」

「よーし。あの親切そうなご婦人にお願いしてこい、ニ・ホ・ン・ゴ、で。ボランティア？」

「……」

みんなが沈黙して、いっせいにわたしを見た。おい、ハイリー、あそこの人に声かけてこいよ。おまえだったら大丈夫だろ？　ね、もう時間ないよ？　お願い、ハイリー。

わたしは、優しそうな顔をしているその女の人に近づくと、まずは自己紹介、それから、カメラをそっと差し出してお願い。

「スミマセン。わたしの名前はハイリーです。オーストラリアからきました。あの、これ、おねがいできますか」

女の人はえっ、ってわたしの顔を見た。

「ああ、写真を撮ればいいのね？　もちろん」

カメラを受け取ると、シャッターボタンの位置を確認する。アリガトウゴザイマス、ってわたしが言うと、ドウイタシマシテ、って返事があった。最後にまたひとつ、ニホンゴの貯金ができた。嬉しくって、口元がゆるんだ。帰ったら、こんどはカンジ、もっと勉強するんだ。カンジって、ひとつずつ形と意味も違って、見れば見るほどおもしろいし、おまけにとてもデリケートで「カワイイ」。わたし、これから、ひとつでも多く集めるんだ……。わたしは急いでみんなのところに戻ると、みんなと同じようにピースサインを作った。

「撮りまーす！」

ホリディー、って全員が言いかけたとき、だれかが大声で叫んだ。

「ラッシー！」

イータンがちょっとふざけて、みんなを振り返る。

「ランデン！」ってリヴァイがイータンにやり返した。すると、みんなつぎつぎに叫び始めた。

「シンカンセン！」

「キョート！」

「オーサカ！」

「スミマセン！」

「アリガトウ！」

「ナンサイデスカ！」

「ドーモ！」

「カワイイ！」

「ニンジャ！」

「タコヤキ！」

「カレーライス！」

「イタダキマス！」

なにがこんなにおかしいんだろうって思うくらいみんな笑った。わたしたちがそうやっているあいだに、女の人は何度もシャッターを押した。

「うまく撮れてるといいんだけど」

親切そうで優しい顔をしてるだけじゃなくって、楽しそうな人。わたしはアリガトウゴザイマスって言って、女の人からカメラを受け取った。

カメラを受け取りながら、これからオーストラリアに帰るの？って女の人に聞かれて、ハイってわたしは答える。

「ウフフ、ステキなお友だちね」

女の人は目を細くして、ローランド・ベイ・グラマーのみんなを見た。ヤマナカ・センセイと目が合うと、センセイはこっちに向かってお辞儀した。口元が「ありがとうございました」って動く。ミズ・オキャラハンもヤマナカ・センセイのまねしてお辞儀しちゃってる。イータンったら、まだ、わけのわかんないこと言って大笑いしてる。ニックはいつもどおりに自分の世界に入っちゃってるし、リヴァイは最後に日本のもの食いてえって言ってるし、ショーンはしらーっとした目で他の子を見てるけど、口は笑いがとまんないってかんじ。ローガンは床にひっくり返って、ヤマナカ・センセイに怒られていた。ローガンのすぐ傍にいたジョジーナは「あんた、バカじゃない」って言いながら大笑いしてるし、シャンテルまで息を切らせてはしゃぎ回ってる。キーラがこっちを見てニヤッてしてた。わたしのこの姿、また、だれかさんと同類って思ってるんだ、きっと。

わたしたち、これからオーストラリアに旅行に行くの、って女の人が話しかけてきた。となりにいたダンナさんっぽい男の人も、やあ、こんにちは、ってわたしに近寄ってきた。まずケアンズ、その次はシドニーね、シドニーはオペラハウス見に行って、それからメルボルンで娘の家族と合流して、そう、うちの娘、あっちの人と結婚してるんよ、ウフフ、あの子たちに会うの二年ぶり、孫も三人いるんよ、そのあとみんなでタスマニア島をグルッと回るんやって。大きな船で渡るんやって、車ごと船にのっかってね。女の人の話、実は半分以上わからなかったけど、わたしはだまって聞いていた。何回聞いても、ホンモノのニホンゴってすごい、ちっともお祈りとかジュモンみたいに聞こえない、生き物みたいにクネクネ、ダンスしてる。どこが頭でどこがしっぽかわかんない。それにこの女の人、すっごく嬉しそうで、ニコニコしていたし。ヤマナカ・センセイも、自分の話を聞いてもらえるのが一番嬉しいものだって言ってたし。すっかり話し終わると、女の人はわたしをじっと見つめた。

「お嬢ちゃん、おいくつ？　小学生？　それとも中学生？　オーストラリアのどこから来たん？　日本に修学旅行？　どこへ行ったん？　何したん？　日本、どうやった？　楽しかった？」

こんどは質問ばっかりみたいで、切れ目がいっぱいある。さっきよりまだわかりやすい……でも、こんなにいろいろ話しかけてくるって、もしかして、わたし、ニホンゴ、ペラペラだと勘違いされてる？　ウソ！

わたしは女の人を見つめ返した。自分の話をしたあとは、相手の話が聞きたくなる。おたがいのこと、もっと知りたくなる。そうじゃなきゃ、会話なんて始まらない。視界の片隅に残っている旅の仲間たちの視線を一身に浴びながら、わたしは自分がいま持っているありったけのニホンゴをつなぎあわせて、声にした。

My ホームタウン

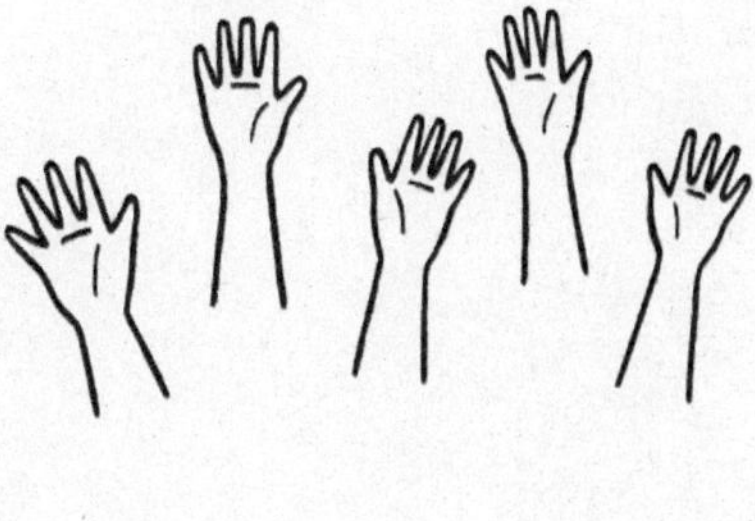

うげぇ、暑い！　いま何度？　さあ？　ジャケット脱げば？　おう。やっぱ、一月はこうでなくっちゃな！　夏休み、あとどれくらいあったっけ？　まだ二週間くらいあるんじゃない？　二週間しかないじゃん！

私は本日のドライバー、パメラです。ローランド・ベイ・グラマー・スクールのみなさん、お帰りなさい！

ハーイ、パメラ！

日本、いかがでしたか？

サイコー！　雪、降ってたよ！

雪！　こちらはここ一週間ひどい暑さでしたよ。昨日も今日も「屋外での火の使用禁止《トータル・ファイア・バン》」日です。あちこちで山火事も発生しているようですね。

「トータル・ファイア・バン」だってさ。おれ、家に帰ったら、庭のバーベキューでソーセージだって思ってたのに。

それでは、ローランド・ベイ・グラマー・スクールに向けて出発します。みなさん、シートベルトをしてくださいね。途中、サービスエリアでトイレ休憩になります。みんな、大丈夫かな？

ローガン、トイレは？　サービスエリアまで一時間くらいだと思うけど。そうよ、ローガン、あんた、ぜったいに今行っといたほうがいいよ。ラッシーでも半泣きだったじゃん？　いいってば、大丈夫だってば！　早く家に帰りたいんだよ、ぼく！

ローガン、トイレはいいのか？

ヤマナカ・センセイまで！　大丈夫だってば！

そうか、よし。すみません、パメラ。お願いします。

それでは出発します！　シートベルトしましたね？

OK！

ローガンのやつ、トイレ行っとけばいいのに……。コータ、仕方ないわよ、彼は。小学校にあがったとき、まだ五歳になってなかったんだし。六歳入学のイーサンやジョジーナなんかと比べたら、そりゃ幼いわよ。いまは、ほとんど六歳を目安に小学校に入学させるのがトレンドになってるけど、ローガンのご両親は、「早く集団生活に慣れさせたいから」っておっしゃって。けれど、いまは、実際に漏らすことはほとんどなくなったわよね。ええ、それはさすがになくなりましたよね。ハハハ。

おい、みんな！　ゲームやろうぜ！

やろう！

Who am I?《わたしは誰》　とか、どう？

OK！

じゃ、キーラ、おまえから行け！
えーっ、私？　ローガン、あんた行きなさいよ！
ぼく？　うーん、どうしよっかな……。
じゃ、リヴァイ！
あっ、待って、ぼく、やっぱりやりたい！
やるのかよ、やらないのかよ？
あー、やっぱりやる！　やるよ！　やるってば！
よーし、ローガンから！
みんな、ごちゃごちゃいいながら、ローガンを放っておかないわよね？　そういえば、日本での彼、なんだかアイドルみたいになってなかった？　女の子に囲まれちゃって。

そうです、彼、一番堂々としていたかもしれない。ハハハ！　ホホホ！

誰にする？　ん？　それじゃ、あんまり簡単じゃん。へ？　誰それ？　私知らないよ、
そんな人。……！　……？　！！！　うん、彼女だったらいいかも！

……決まりだな？　いくぞ？

ローガン、いいか？

いいよ！

今回、ローガン、ホストファミリーとも上手《うま》くやっていたみたいだし、彼、食べ物でも人でも場所でも好き嫌いがないのよね、たぶん。ええ、そうですね、それにこのグループが彼には良かったんだと思います。学校のクラス替えやグループでは、おそらく、まずあり得ない組み合わせですけどね。そうねえ、イーサンのとなりにジョジーナでしょ、ジョジーナのとなりにニック、ニックのとなりにシャンテル……、見たことないレイアウトだわ。

いいぞ、ローガン！

じゃ、いくよ！　えーと、「わたし」は女性ですか？

YES！

ほら、……キーラまであんな嬉《うれ》しそうな声だして！　彼女はローガンと逆なのよねえ。しっかりしていて、勉強でも八年生並の学力。ええ、僕の日本語の授業でも飛び抜けてできますね。一教えたら、十わかるっていうタイプです。彼女、手書きにするときの「ふ」と印刷でみる「ふ」が違うって一番初めに気がついたんです。フォントによっては、手書きの文字と若干違ってくるんですがね、よく観察していますよね。そうなのよ。だから、今年も、彼女のご両親に飛び級をすすめてみたのよ。でも、キーラのご両親は「うちの娘は学業は八年生でも、情緒面はやはり六年生です」っておっしゃって、ホホホ。ご両親のご判断には一理ありますよね、学校って勉強だけじゃありませんし。ええ、キーラのご両親は賢明よね。なにも急がせることないわ。それに女の子は男の子に比べて子ども時代が短いような気もするし。男の子は好きなだけ男の子でいられるけれど……、ホホホ。女の子って、ほんとにムズカシイですよ……ハハハ。そうそう、あの年齢くらいから、ますますムズカシくなってくるのよねぇ。友だち同士のプレッシャーも大きいし。仲良しグループでしょ、ボーイフレンドでしょ、ダイエットでしょ、ファッション、メイク、ソーシャル・メディア……、あげたらきりがないわ。

「わたし」は有名人ですか？

YES！

んーっと……。「わたし」は、タレントですか？

NO！

「わたし」は女優ですか？

NO！

有名だけどタレントじゃなくて女優じゃない？　えーっと。わかんないよ、ぼく、テレビあんまり見ないんだよ。

テレビにはあんまり出てないと思うよ。

え、そうなんだ？　ジョジーナ、知ってる？

知ってる、知ってる。ローガン、ぜったいに知ってるって！

彼女のおかげで、今回はいいグループでしたね。そう、ジョジーナを班長にして間違いなかったでしょ。彼女、この数年でぐっと大きくなった気がするんですけど、僕。ええ、あんなふうにひょろひょろと背高のっぽになったけれど、いまでも、あのそばかすがいっぱいあるジョジーナの顔見ていたら、彼女が初めて入ってきたときのこと思い出しちゃうわね。そりゃあ、かわいかったわ。鞄《かばん》を背負うと鞄が歩いているみたいになってね、豆粒みたいに小さいのに、泣き声だけは特大。ホホホ。ご両親が離婚したときは、ジョジーナと妹のステラを父親と母親のどちらが引き取るかで揉《も》めて、裁判が長引いたのよね。結局、お母様に引き取られたんだけれど、あの明るくて元気のいいジョジーナがふさぎ込むようになっちゃって。これはただ事じゃないと思って、お母様に相談したのよ。ホホホ、それがねえ、可笑《おか》しな話なんだけど、その時のご両親の連係プレーとサポートが素晴らしかったの。ふたりそろって学校にもしょっちゅういらっしゃったし。

この人たち、ほんとに別れたのかしらって疑ったくらいだったわ。離婚前よりも、お父さんとお母さんが仲良くなった気がする、ってジョジーナ、言ってたわね、ホホホ。

なんだよ、ズルイぞ！　サル女！

イータン、ウルサイっ！

「わたし」は、えーっと、有名人だけどタレントじゃなくて女優じゃなくてテレビに出てない？　あ、もしかして歌手？

YES！

ローガン、だったら、オリビア・ニュートン・ジョンだ！　でも、あの人、映画に出てるか。

ニック、おまえって、ホントに古いよなぁ……。

なんで？　おれ、好きだな、『グリース』。DVD持ってるし、何回みても飽きないな。

美人だしさ。

うちのばーちゃんと同い年だぜ、たしか。

うへぇ、そうだったんだ……！

ニックも今回はときどき、単独で動いてましたけど、前みたいじゃありませんね。ええ、このジャパン・トリップに申し込んできたこと自体、私にすれば、事件だったわ。ご両親もこわごわ、って感じで参加をお決めになった様子だったしね。でも、本人が行くってはっきり意思表示していたでしょう。……いいチャンスだったのかもしれないわ、ニックには。海外から養子縁組するのはよくある話だけれど、新しい国にやってきたうえに、あのガンコな性格でしょう。ホホホ。こだわりが強くて、いちど思い込んだらガンとして考えを変えないし、うちに来てからも、最初はストレスのかたまりみたいで、今にもバクハツしそうだったもの。そうでしたね、僕の授業でもペア・ワークさせると、彼は自分で相手を見つけられなかったんですよね、最初は心配しました。そうだったわね、いまは、お父様もお母様も心配されて、毎日のように学校に相談にお見えだったわ。でも、いまは、お決まりの友だちだっている。ランチ・タイムには、気が向いたときだけみたいだけど、フットボールしている姿を見かけることもあるわね？　ハハハ、ガンコなだけあって、猪突《ちょとつ》猛進ですよ、彼は。フットボールやるには最適だと思いますね。そうなの、ホホホ。そういえば、ニックのご両親、来年はニックをつれてフィリピンに旅行に行くっておっしゃっていたわ。いいご両親ですね。ええ、ほんとうに。

みなさーん、サービスエリアにまもなく到着です。先生方、休憩は何分にしましょうか？

そうねえ、二十分？　ああ、ここ、マクドナルドあったのよね？

やったーーーーっ！　ビッグマックにフライだ！　あー、やっとフツーの食いもんにありつけるぜ！

なによ、あんた。日本の食べもの大好きじゃなかったの？　タコヤキ・プレートももらったんでしょ？

いやー、タコヤキは日本で食べるからオイシイんだよ。やっぱその国のものはその国で食べるのが一番だ。おれ、今日はビッグマック・ミールのLサイズにしようっと！

じゃ、三十分間休憩にします。ガソリンスタンドのキオスクのとなりにトイレがあるはずよ。食べ物や飲み物が欲しいひとは、キオスクを利用してください。それから、マクドナルドを利用する人は、イート・インじゃなくてテイク・アウェイにしてもらうこと。まだ旅行は終わっていませんよ。コモン・センスとマナーをしっかり守って。いいですか？

Hooray!《キャッホー》

You coming? Why not? I need some fries. Hey Nick, you wanna share the Macca's《わいわいガヤガヤわいわいガヤガヤわいわいガヤガヤわいわいガヤガヤわいわいガヤガヤわいわいガヤガヤわいわいガヤガヤわいわいガヤガヤわいわいガヤガヤ》
meals? The boys've gone to get them. It's a lot cheaper. Sure!《わいわいガヤガヤわいわいガヤガヤわいわいガヤガヤわいわいガヤガヤわいわいガヤガヤわいわいガヤガヤ》
What's the first thing you'll do when you get home? I miss my bed!《わいわいガヤガヤわいわいガヤガヤわいわいガヤガヤわいわいガヤガヤわいわいガヤガヤわいわいガヤガヤわいわいガヤガヤ》
What ya gonna eat? Dibs getting a coke! Damn it! Got Sprite all over me! Stop getting《わいわいガヤガヤわいわいガヤガヤわいわいガヤガヤわいわいガヤガヤわいわいガヤガヤわいわいガヤガヤわいわいガヤガヤわいわいガヤガヤわいわいガヤガヤ》
so excited people!《わいわいガヤガヤ》

ケツが冷てえよ！　日本のトイレがいい！　おいおい、おまえ座ってしたのか？　悪いか！　おれは日本ではどっちでも座ってすることにしてたんだよ、あったかくて気持ちよかったからな。

キタナイわね、イータン。手、洗ったの？

おまえにカンケーねえだろ、サル女！

フン、それしか言えないの、あんた？

ローガンは？　あれっ、あいつどこ行ったんだよ？　ヤマナカ・センセイ！　ローガンがいません！

大丈夫、トイレに行ってくるって言ってたぞ。

みなさん！　全員揃いましたか？

暑い、溶けちゃいそうだよ。ごめん、遅れちゃった。

ローガン、すげえデカイな、そのコーラ。おまえ、飲めんのか？　もうあとちょっとだぞ。

だって、おしっこいっぱいしたら、また喉渇《のど》いちゃってさぁ。

出発します、シートベルトをお願いします。

OK!

シートベルトだれか締めてぇ、ぼく、コーラ持ってるからできない。しょーがねーな……。おい、ショーン、おまえんち、だれか迎えにくるのか？　わかんね。もし、だれも来てなかったら、おれんちの車に乗れよ。おれの母さんに家まで送ってもらえばいいじゃん。いいのか？　迷惑じゃねえか？　バーカ、ぜんぜん迷惑なんかじゃねえよ、マイト！　よーし、さっきのつづきやろうぜ、みんな！

YEAH!

もしもし、リアンです。もうお集まりなんですか？　ホホホ、みなさん待ちきれないんですね！　いまサービスエリアを出て、ハイウェイに戻りました。道路もすいてます。あと三、四十分もすれば。ええ、みんな元気ですよ。ええ、コータにも伝えますね。それじゃ、あとで！

コータ、もうご家族のみなさんがお見えになっているそうよ。玄関先でお集まりですって。早いですねー。子どもが一週間も留守にしてたんですもの、そりゃ、寂しいわよ。それにしても、子どもたち、ほんとに楽しそうだったわよね。大成功だと思うわ！　写真を見ればわかるけれど、みんなの表情、最初はどの子もかなり硬かったのよ。それが、だんだんほぐれてきて、帰る直前に空港で撮った写真に至っては、もう嬉しくて楽しくてたまらないって顔してるのよねえ。ホホホ！　ほんとうにお疲れ様、コータ。いえいえ、こちらこそ、ありがとうございました。ところで、リアン、これなんですが……、ミス・ウォーターハウスのメール、ご覧になります？　さきほど、飛行機を降りたときに気がついたんです。ええ、もちろん見たいわ。……どうぞ、ここです。すまないわね、ちょっとお借りするわね、メガネ、メガネ……、あら、どこ行ったかしら？　あの、頭の上に載ってます。あらっ！　ホホホ！　アリガトウ、コータ。「アリガトウ」だけはなんとか言えるようになったわ、でも、もう歳ね。ホホホ。

女性で、有名だけどタレントじゃなくて女優でもない？　歌手だったよね？

ＹＥＳ！

「アデル」とか？

ＮＯ！

「わたし」はオージーですか？

ＮＯ！

「わたし」はアメリカ人ですか？

ＹＥＳ！

んーっと、「ビヨンセ」？

ＮＯ！

あー、もう、わかんないよっ、ヒント！

えーと、「コータロー・ヤマナカさま。綾青学院のクリスタル・ウォーターハウスです。このメールをお読みになる頃には、もうご帰国されていることでしょうか。大変お疲れのところとは存じますが、一言お礼を申し上げておきたくて。このたびは、本当にありがとうございました。職員たち、生徒たち、保護者たち、ホストファミリーのご家族のみなさまからのフィードバックも大変よく、すでに、次回の実施予定について、問い合わせも来ております。そこで、来年度はこちらからローランド・ベイ・グラマー・スクールへ再度、研修旅行を実施できないか、ご検討をお願いする次第でございます」。ホホホ！　良かったじゃない、コータ！　あなたの苦労が報われたわね！　もうどうなることかと思ったわよ、初めてのことばっかりだったし。トラベル・エージェントによってあんなに代金が違うなんてオドロキよ。ホストファミリーと生徒のマッチングにも時間かかったし。それに、電子機器の件、子どもたちのほうがものわかり良かったじゃないの。親のほうが、スマホもタブレットも使えないっていただけで、パニックよ。親の説得は、私、二度とゴメンだわ。ホホホ。あ、そうそう、出発直前になってドタキャンもあったでしょ。ジェットのお母さんのことですか？　そう、タラ・ユーレン。

すげえ流行《はや》ってるぜ！

ラジオで一日三回は流れるよ！

……「わたし」は、テイラー・スウィフトですか？

ＹＥＳ！

えー、なんだあー、ぼく、あの人の歌好きなんだよー。

本当に、あれは残念だったわ、タラは気が済んだみたいだけど、ジェットがねえ、ちょっとかわいそうだったわ。僕もジェットにはどう声をかけてやろうか悩みましたよ。子どもたちみんなでお金を出し合って、ジェットにお土産を買ってきたみたいですけどね。そう、みんな優しいじゃないの。イータンが提案したようです。イータンが？ホホホ。彼のそういうところは、お父さん譲りねぇ。姿形もスコットによく似ているわ。ずいぶん昔の話だけど、私、彼のお父さんも教えたのよ、ホホホ。えっ、そうなんですか！

つぎ、だれがやる？

こんどは女子がやれよ、シャンテル？

いいわよ。

な、人じゃなくて、日本のモノとか食べ物とか地名にしねえか？

それいいじゃん！　おもしろそう！　それでいいか、シャンテル？

まかせて！

ええっと、つづき、つづき、っと……「それが実現いたしましたあかつきには、わたくしも引率教諭のひとりとして渡豪する所存です。今後も、姉妹校としてますます交流の絆《きずな》を深めていければと願っております。ふたたびお目にかかれるのを楽しみにしております」ですって。ホホホ！　そうなったら、どんなにいいでしょうね！　そうなんですよ！　僕もいまからいろいろ計画をたてたりして、すっかり興奮してしまっています。あれもできる、これもできる、あれもやりたい、これもやりたい、って。そうねえ、今回の旅で、日本では英語は公用語じゃないってわかっただけでも、あの中の何人かにとってはは大きな意識改革だったでしょうね。英語は世界に数多くある言葉のひとつだってこと。そうですね、今回のこと、みんな、のちのちまで覚えていてくれたらいいんですがね。あら、もちろん覚えているわよ。あの年齢で経験したことは、そう簡単には忘れないわ。ホホホ！　この旅をきっかけに、この先、世界の国々には、こんな言葉があって、こんな暮らしもあって、こんな人々もいる、そう認識するだけでも、彼らのこの先の未来がより豊かになると思うの。それは移民で成り立っているこの国では、だれもが身につけなければいけない必要不可欠なスキルでもあるのよ。あら、ごめんなさい、エラそうにいっちゃったわ、ホホホ。

「わたし」は食べ物ですか？

ＹＥＳ！

「わたし」はシーフードですか？

ＮＯ！

「わたし」はお菓子ですか？

ＹＥＳ！

うーん。おいしいの、いっぱいあったし。いちいち名前覚えてないよ。

「わたし」をみんな好きですか？

YES！

「わたし」はコンビニエンス・ストアで買えますか？

YES！

「キノコノヤマ」！

NO！

おかしいなぁ、あれが一番人気じゃなかったの？　あのマッシュルームの形したチョコレート・ビスケット……あと、なにあったっけ？　まさか、ポテトチップスとか？

「コンソメ味」の。

YES！

あれ、日本の食べ物っていうの⁉

あら、もうホプキンス公園？　じゃ、もうすぐね。何かお祭りでもやってるのかしら？　ああ、サマー・アクティビティですよ、子ども向けの。市役所から。僕もなにか日本のアクティビティをやってくれないかって頼まれてるんですよ、それで明日、小さなカイトを作るワークショップをやるんですよ、広場で。明日⁉　あなたよく体がもつわね⁉　ちゃんと休まなきゃだめ、いくら仕事が好きだからって、あんまり根を詰めると倒れるわよ。いいえ、大丈夫ですよ、ハハハ。ワークショップのあとは、学校で新学期の準備にかかろうと思ってるんです、もうあと二週間しかないですからね。ああ、それを言わないでよ、わたしもやらなきゃ。ホホホ。

あっ、ホプキンス公園！

ほんとうだ！　人がいっぱいいる！

なんかやってるぜ！

サマー・アクティビティじゃない？ シティー・カウンシル《市役所》主催の。夏休みのあいだ、クラフトとかゲームとかやらせてもらえるってきいたわ。河にカヌーに行ったり、プールにも連れて行ってもらえるんじゃなかったかな？

いいな、おれ、行きたい！ みんな、行こうぜ！

おい、あれ、ジェットじゃねえか？

ジェットだ！

ほんとだ。

おおおおおおーーーーーーーーーーい、ジェット!!

やめなさい！ こんなところから叫んだって、聞こえませんよ！

なあ、あいつ、カワイソーだったよな。おれだけ、なんで？ って、泣いてたもんな。ジュンヤのところにホームステイする予定だったみたいだぜ、ジュンヤがそう言ってた。

そうなんだ？　ジェット、お母さんにやっぱりダメだって言われたんだって。それもギリギリになってだよ。すげえおもしろかったのにな、あいつも来られたらよかったのにな……。なあ、お土産どうやって渡す？　そうだなー、夏休み終わってからでいいんじゃねえか？　そうよ、そのほうがいいよ、いま渡したら、わたしたちがどんなに楽しかったかモロわかっちゃって、よけいカワイソーだよ。あんなに行きたがってたんだよ、ジェット。だよなー、やっぱそうだよなー、早く渡してやりたいけどな。そうだよ、いまはダメだよ、わたしだって、いまだったら、だれにでも日本のこといっぱいしゃべって、自慢しちゃうよぉ。キレイでカワイイがいっぱいで、ものすっごく楽しかったって。

みなさん、まもなく、ローランド・ベイ・グラマー・スクールに到着です。おうちに帰ったら、日本のことをご家族にたくさんお話ししてくださいね。今日はみなさんとご一緒できて、楽しかったです。

YES！

みんな、パメラのハンドルさばきに拍手！

YEAH！　ありがとう、パメラ！

さあてと。ゴミはきちんと持ち帰ること。シートベルトは、バスが停まるまで外すなよ！

ＯＫ！

ヤマナカ・センセイ、すっげえ楽しかった！　おれ、ぜったい日本にまた行くよ！

センセイ、わたしも！

ランデンでラッシーだ！

みんな！　ヤマナカ・センセイにも拍手しましょう！

ＹＥＡＨ！

ありがとう。僕こそお礼を言うよ、きみたちのおかげで大成功だったからな、ジャパン・トリップ。リアン、子どもたちへのＴＬＣ《愛情たっぷりのケア》をありがとうございました。クラウド・アルバムも保護者のみなさまが喜ばれていると思います。毎晩、あれだけの量をアップされるのは大変だったことでしょう。みんな、ミズ・オキャラハンに拍手！

ミズ・オキャラハン！

おれたちのフォトグラファー！

「ホホホ」！

あら、だーれ、私のモノマネしてるのは⁉ ホホホ！ あなたたちがいい仲間でいてくれて、私も写真とるのが楽しくて楽しくって。あとはカメラの実力よ！ みんな、ありがとう！

おっ、見えてきたぜ！ みんな集まってらぁー！

お母さん！ お父さん！ セリーヌ！ 兄ちゃんが帰ったぞ！

あーっ、ぼくもうだめだ、漏れる！

おまえ、さっき、サービスエリアで行ったんじゃなかったのか⁉

もう一回行きたいんだってば！　コーラ、飲んだから！

ママだわ！　タマラも！　帰って来たよ！

……うちの親、どっちもいないじゃん。かわいいムスメが帰ってきたっていうのに、どこで何してンのかしら？

なんか、おれ、気持ち悪いや、Lサイズ、デカかったかなー。

ねえ、この服、ヘン？　ああーん、ママン、すごい顔してるしぃ！

ホントだ、あんたの親ってその服とおなじくらいわかりやすいとか？　そのうち、慣れるわよ、慣れるといつのまにかフツーになるもんよ。それにフツーって案外カワイイしさ。

……ナンだ。ナン！　ナーンッ‼

1月23日

ローランド・ベイ・グラマースクール
リアン・オキャラハン様
コータロー・ヤマナカ様

このたびは、私の孫息子がたいへんお世話になりました。彼の表情を見ていれば、「ジャパン・トリップ」がどれほど楽しかったかが一目瞭然《りょうぜん》です。かけがえのない経験をさせていただいたことも。

こちらに帰ってきてから、家の中では靴を脱ぐようになりました。ことあるごとに日本で覚えてきた日本語を披露してくれ、なにかにつけて日本語で話したがります。そして、将来パイロットになったあかつきには、日本にホリデーに連れて行ってくれるそうです。

この旅で孫息子はひと回りも大きく、たくましくなりました。

お二人に、お礼を申し上げます。ありがとうございました。

ミヤモト・ファミリーは孫息子にとって、日本の家族となりました。どうか、ミヤモト・ファミリーのみなさまにも、心からのお礼をお伝えください。

今後とも、よろしくお願いします。

心を込めて。

シャルロッテ・パワー

P.S. 日本のカレー粉はどこで手に入りますでしょうか？　ご存知でしたら、教えていただけるとありがたいです。

I Love You

キーラに見せたらドン引きされた。わたしも持ってるのがだんだん怖くなってきた、この手紙。それで迷ったけれど、こういうことは、ヤマナカ・センセイ、そう思った。

「やあ、ハイリー。久しぶりだな」

放課後、ニホンゴの教室の前でセンセイを待った。先週、綾青からの交換留学生が帰ったところで、教室をのぞいたら、彼らの写真（下に名前）がまだ壁に貼られたままになっていた。

「あのね、ヤマナカ・センセイ……、ちょっと見てもらいたいものがあるの。これ、ロッカーに入ってたんだ」

ヤマナカ・センセイは持っていた荷物をロッカーの上に置くと、私が広げた紙を手に取った。顔をあげて、わたしをニヤーッと見た。へえ、今の子でもこういうことするんだ、メールですませるんだとばっかり思ってた、と笑う。

「これって、なんなの？　すっごく怖いんだけど」

「怖い？」

「そうだよ、このタクマって子、ここに三週間しかいなかったじゃん!?　なのに、I Love Youって」

「ああ、こういう手紙、ラブレターっていうんだよ、日本じゃ」

「ラ、ラ、ラブ、レター？」

「『あなたがニホンゴを話す姿にI　Love　You』か。ハハハ！」

笑いごとじゃないわよ、キーラにこれ見せたら、カンカンに怒ってたよ、このタクマって子にメアドとかスカイプネームとかインスタのユーザーネームを知られたんなら、今すぐ変えた方がいいって言われた、なにされるかわかんないからって、とわたしが憤慨すると、ヤマナカ・センセイはそんなに大騒ぎすることじゃないと思うよ、ただ、日本に帰る前に、きみにひとこと伝えたかっただけなんじゃないかな、かわいいじゃないか、とクスッと笑った。

「手渡しだったらともかく、こんな手紙を後から送りつけるなんて、クリーピー《キモイ》じゃん！　なんで直接言わないの？　それに、I　Love　Youなんて、見ず知らずの人には絶対に言わないってば！」

「日本にはそういう習慣があるんだ、ハイリー。気持ちを直接伝えるんじゃなくて、手紙に書いて送るとか。とくに、異性に気持ちを伝えるときとか」

「習慣!!」

「むかしの人たちなんて、歌を贈り合ったりして、気持ちをたしかめたんだよ、日本では──」

「日本じゃそうかもしれないけれど、ここじゃ、ブキミなだけだよ！　一体何かんがえてるの⁉　それに、Ｉ　Ｌｏｖｅ　Ｙｏｕなんて、ぜったいに直接本人から聞きたいよ！」

ブキミか、とヤマナカ・センセイはまたクスッと笑った。まあ、たしかに、この英文だと、愛の告白にはちょっと苦しいよな、とタクマって子の書いた文を上からひとさし指でなぞった。

「日本人にしたら、Ｉ　Ｌｏｖｅ　Ｙｏｕってとても言いにくいことなんだ。わかるかなぁ～？」

わからない、ぜんぜん、とわたしは答えた。それって、言わなきゃわからないことじゃない！　そんな大事なこと！　しかも、大好きな人には、一番言わなきゃいけないことじゃない⁉　うちのパパなんかママにキスしながら朝出かけるときも、夜帰ってきたときにも、車で送っていくときにも、電話で話していて切るときにも、四六時中言ってるもん。センセイは、そうか……仲の良いご両親なんだな。それにしても、そんなに繰り返し言うんだ？　まぁ、そういうもんかもしれないよな、言われて嬉《うれ》しい言葉は覚えていても、そのときどれだけ嬉しかったかは、忘れてしまう……、だけど、そうおこるなよ、僕だって、もし奥さんがいたとしても、Ｉ　Ｌｏｖｅ　Ｙｏｕなんて言わないと思うよ、そういうもんなんだよ、と照れくさそうに笑ってドアのすきまから教室の中をのぞいた。あれが、この手紙の送り主か、と壁の写真の一枚を指さした。喋ったこともないよ、とわたしがつけ加えると、そっか、でも彼のほうでは、きみとひとことでいいから喋りたかっただろうなぁ〜、とわたしをじっと見た。

「ま、彼にしたら、なんとしてでもきみに伝えたかったんだろう、見りゃわかるだろ、これ……、好き《Love》というよりあこがれ《Admire》ていました、ってところだな」

ヤマナカ・センセイはロッカーから荷物を取り上げると、わかってやれよ、とにんまりとした。

「これって返事書くものなの？」

わたしがそう訊《き》くと、彼に興味あるんだったら返事すればいいとセンセイは笑った。

「ないに決まってるでしょっ！」

「……真っ赤だぞ、ハイリー。ハハハ！」

そうムキになるなよ、彼も返事をもらえるとは思ってないよ、たぶん、と肩をすくめる。わたしはセンセイから「ラブレター」を受け取ると、元通り折りたたんで、ブレザーの胸ポケットにしまった。

「ヤマナカ・センセイ、コンニチハ！」

「おう、イータン、元気そうだな！　日本からの留学生、きみのところでもホストしてくれていたんだよな、楽しかったか？」

センセイは荷物を抱えたまま、中庭から走ってきた彼に話しかけた。

「楽しかった！　タクマ、おもしろいやつだったぜ！」

ヤマナカ・センセイがわたしを見た。胸ポケットがドキンとした。

「ハイリー、こんなところでディテンション《居残り》かよ⁉　一緒に帰ろうぜ！」

「ウン！」

センセイをひとりあとに残して、わたしは駆け出した。

ひとりごと

「気持ちはわかるけれど、そろそろ帰ったほうがいいわ、コータ。近頃はセキュリティーがうるさいのよ、あなた、正面玄関のキーは持っているの？」

そう声をかけられて、山中光太朗は上着のポケットに手を突っ込むと指先で鍵《かぎ》の束に触れた。ふっとあたりが薄暗くなった。目前のパソコンの画面が眩《まぶ》しくなり、一瞬目を閉じる。ほら、八時よ、セキュリティーが照明を落とした、とリアン・オキャラハンは採点していた書類の束を抱えてバッグを肩に掛け、そこから車のキーを取り出すと立ち上がった。

「本日の午後九時まで、そういう約束だったわね？　九時になったら、あなたも帰宅すること。これは、あくまで家庭の問題。いいわね、コータ？」

わかっています、リアン、と光太朗は返事しながら、子ども本人にはなんの関係もないのに、とんだとばっちりだ、とふてくされたような顔になった。

「たしか、チェイスのお母様がローランド・ベイを選んだのは、生徒の自宅まで、スクールバスでの送迎サービスがあるからということだったと思うの。元のご主人は、今までにも、路上でチェイスをつけまわしたり、面会日でもないのに連れ出したりしたことがあったらしくて。とつぜん学校に現れたときには、チェイスが心底脅えちゃって、どうやら暴力をふるうタイプの人らしいのね……、チェイスのお父さんには、一時、コート・オーダー《裁判所からの命令》も出ていたでしょう？ それで警察を呼ぶ騒ぎにまでなって」

ええ、半年ほど前でしたよね、と光太朗はそれ以上聞きたくないけれど仕方ないと観念した様子で、彼女を振り返った。

「だけど、親がパスポートの更新を許可しないだなんて……、もう前金も納めているし、チェイスはミーティングにもぜんぶ参加しているんですよ、ホームステイ先も決まっていて、あちらでも家族じゅうで彼が来るのをそれは楽しみにしていらして……。とにかく、僕はもうごめんです、ジェットの二の舞は」

リアン・オキャラハンはその場で立ち止まったまま、光太朗の横顔をじっと見つめた。

「今夜はチェイスの名づけ親が父親に話をつけにいっているってことだけど、第三者の方が冷静に話し合いができるかもしれないわね？ お母様じゃあ説得どころか、火に油注いだのと同じだったみたいだったし。チェイスのおじいさんおばあさんにしろ、無駄足踏んだだけだったって」

「でも、これじゃ、親の許可なしにパスポートが取れる成人まで、海外へは遊びにでかけることもできないじゃないですか、チェイスは!?」

まあ、落ち着きなさいな、とため息混じりにリアンはつぶやくと、書類とバッグを元通りデスクの上に置いて、椅子に座り直した。より濃くなった闇が、この女教諭のいつもの陽気さ快活さを包んで静止した。光太朗はその姿に、次々に三人の息子を産んで、その一人一人を見据えるようにして育てた、自分の物静かな母親の姿を重ねた。嫁いで初めての子が生まれるまで、地元の中学で国語を教えた。たった三年足らずのその時間を、青春の光景や印象に残っている言葉とともに、息子たちに語って聞かせることもあった。

「チェイスのお母様は海外のご出身でしょ。だからチェイスのパスポートを更新すれば、このジャパン・トリップに行ったあとも、彼が有効のパスポートを持っていて、お母様はいつでも自分の国に息子を連れて行くことができる。もしかしたら、そのままこちらへ帰って来ない可能性もあるわよね？　つまり、お父様にすれば、自分の子が国外に連れ去られることもあるってこと」

「それで、父親は許可しないと」

「そんなに珍しい話じゃないのよ。前にも、フランス語研修のフレンチ・トリップで同じようなことがあったわけだし。あのときは最後まで片親がダメの一点張り。子どもの泣き腫《は》らした顔を見ていたら、グローバル化って一体なんなのかしらなんて思っちゃったわ」

この件については、私たちにはどうしようもないと学年コーディネーターは再び立ち上がり、ドアに向かって歩き始めた。

「何もできないのははがゆいし、何もしちゃいけないっていうのもつらいわよね。だから待つしかないわ、頭の中を整理するためにもね。いい知らせにも悪い知らせにも対応できるように」

片手でドアを半開きにすると、くるりと光太朗を振り返る。

「コータ、いい？　九時まで。それ以上は、学校は待てないし、あなたも待たない」

「ええ、わかってます」

「あなたのことだから、そういう子どもだからこそ、参加させてあげたいって思ってるんでしょ？　ホホホ！」

チャーミングに片眼を閉じてリアン・オキャラハンが出て行ったあと、光太朗はコーヒーを淹《い》れ、自分のデスクに腰を下ろした。メガネをはずし、両腕を空中に上げてぐっと伸びをする。そのまま頬杖《ほおづえ》をつき、前回の写真をパソコンの画面にスライドショーさせた。イータンとジョジーナ、リヴァイ、それからショーン、ここらへんはもう八年生……、ハイリーは日本語を選択、この子なら十二年生まで続けられるはずだ、そういえば彼女、落ち込んでたっけ、キーラが来年転校するかもしれないって。あの子は科学コンテストで優勝してから、あちこちからスカラシップのオファーが来ているみたいだし……、うちはエリートやお金持ちが集まる名門校や進学校ではなくて、どちらかというと躾《しつ》けやお行儀にうるさい伝統校。シャンテルはやっぱりフランス語か……、母親がフランス人だもんな。えっ！　ニックのやつ、こんなに小さかったんだ？　このあいだ、フットボールの正式メンバーになったとか言ってたっけ？　それに比べて、こいつは、ぜんぜんかわらないよなぁ～、まったく！

「……ローガンのやつ、ハハハ」

画面が参加者全員で撮った集合写真に切り替わった。自分の声を中心に、まわりの暗闇と静けさが崩れ落ち、光太朗は身を縮めた。

……教師は教室ではひとり。ヘマをしても恥をかいても誰も助けてはくれないし、生徒たちも見逃してくれない。しかし自分が好きで選んだ仕事、人の倍の努力もしてきたつもりだし、やりがいも愛着もある。会社勤めをしていたときと違って、ここではヤマナカ・センセイのかわり、自分のかわりはいないのだと思うだけで、使命感やら誇りさえ感じる。それだけに、今回のようなことがあると、やりきれなくなってくる。

「チクショー！」

デスクの足を蹴飛ばしたつもりが、誤って脚のすねに直撃、誰もいないスタッフルームで悪態をつきながら、光太朗はデスクの前で身をよじった。悶絶《もんぜつ》しているところへ、画面が別の写真に切り替わって、光太朗はそれに見入った。……英語でも日本語でも、もしかしたら、何語でもいつまでも喋《しゃべ》っていられそうな……。

デスクの上の電話が鳴った。光太朗はデスクの上からメガネを取ってかけ直し、壁のデジタル時計で「8：27PM」と確認してから受話器を上げた。

——ミスター・ヤマナカですか？　ルーシー・ウォラーです。チェイスの母の。

——コータ・ヤマナカです。お電話お待ちしておりました。それで、いかがでしょう？

――チェイスの名づけ親がうまく話をしてくれまして。時間がかかりましたが。明日にでも、パスポートの更新手続きをしてまいります。

――良かった！　良かったです！

――本当にご心配おかけしました。チェイスに代わりますね……。チェイス、ヤマナカ・センセイにお礼を言いなさい……、ヤマナカ・センセイ!?　ぼく、ジャパン・トリップに行けるよ！　まだキャンセルになってないよね？　大丈夫だよね!?　今からホスト・ファミリーにスカイプしてもいい？

――そうだなぁ、この時間だと、いま日本は夕食時のおうちが多いんじゃないかな。もうすこしあとにしてはどうだ？　そろそろ寝る時間かい？　じゃあ、メールにするか、明日にでも。今夜は安心して寝ればいい、このあと、先生からも綾青に連絡しておくからね。本当に良かったな、チェイス。

――もうホストファミリーにわたすおみやげも買ってあるんだ！　新しいカバンも服も靴も！　……ほらほら、チェイス、そろそろベッドタイムよ、ミスター・ヤマナカにお休みを言いなさい、ちゃんとお礼も言ったの？

――センセイ、待っててくれて、アリガトウ！　おやすみなさい！

――おやすみ、チェイス。また明日。

――ミスター・ヤマナカ、ご迷惑おかけしました、それから、ありがとうございました。

――いいえ、なんでもありません。じゃあ、来月、最後のミーティングでお会いしましょう。参加者とそのご家族でバーベキューの予定です。

――楽しみにしております。それでは、よい夜を。

――よい夜を。

光太朗はその場でたった今までそこにいたリアン・オキャラハンと、さきほど画面で会ったばかりの綾青学院の英語科コーディネーターに「チェイス・ネピアン＝ウォラーくん」と表題してメールを送った。パソコンの電源を落とし、シンクでマグカップを洗って、デスクに戻る。電話が鳴りだした。

――ヤマナカ先生はいらっしゃいますか？　綾青のクリスタル・ウォーターハウスです。

――ヤマナカです。メールをご覧になりましたか？

――ハイ！　ファンタスティック！

――良かった、良かった！

――今回もキャンセルになったら、ジュンヤくんにどうお話ししようかと思って、気が気でなくて。

――こちらこそ、今回またドタキャンになったら、「ジャパン・トリップ」の危機かと、気が気でなくて！……あの、もしかして、まだ学校で連絡を待ってくださっていたんですか？

——あなたこそ？　明日の朝一番に、校長に伝えておきます。じゃ……失礼します、ヤマナカ先生。

——日本では先生同士でもその呼び方になるのか……、僕は日本で先生をやったことないからくすぐったいな……、僕のことは「コータ」でお願いできますか。

——いいわ、私のことも、どうか「クリス」で。

——そちらも暗くなっているでしょうから、気をつけて帰ってください、クリス。

——日本では、夜でも女のヒトリアルキ、大丈夫。プラス、私、カラテやっています。ウフフ。

——たくましいんだな……。とうぜんですよね、自分の国を離れてひとりでがんばっているんだから。おやすみなさい、クリス。

——あなたもがんばって。おやすみなさい、コータ。


夜が来た。あたりの静寂がぴたりと光太朗に寄り添った。窓のむこうの暗闇に外灯がひとつ見え、光のにじんだ先を彼が目で追うと、夜空でひとつの遠い星に結ばれた。孤独の真空管を通じて、遠い昔耳にした言葉が口を衝《つ》いた。

『てふてふが一匹韃靼《だったん》海峡を渡って行った』。

光太朗はひとりごとをたのしむと、両腕を翼のように広げ、目前の暗い海を照らす灯台に向かって、ひとり駆け回った。

解説

北村浩子（ライター、日本語教師）

『ジャパン・トリップ』の「トリップ」は、旅か、旅行か。タイトルを見たとき、そんなことを考えた。

「長旅」とは言うけれど「長旅行」とは言わない。『男はつらいよ』のフーテンの寅《とら》さんがするのは旅で、旅行じゃない。意味を分けるとしたら、ときにどこへ行くか分からないのが「旅」で、日程が決まっているのが「旅行」かな。ここに書かれているのは、どちらのトリップなんだろう――？

わたしは日本語学校で働いている。仕事柄でもあるが、言葉を拾ってこんなふうにあれこれ考えるのが好きだ。「旅」と「旅行」のような類義語は、「大事」と「大切」とか「役に立つ」と「便利」など、挙げ出すとどんどん湧いてくる。無意識のうちに使い分けて（しまって）いるから、違いを分かりやすく説明するのは難しい。学生に質問されてもすぐには答えられなかったりする。日本人だから日本語が分かる、使いこなせるから理解しているとは言えないよなあと、そのたびに思う。

言葉を分かっているって、どういうことなんだろう。毎日使っている、自分から出てくる言葉は、自分そのものなのか。

岩城《いわき》作品を読むと、いつも「言葉と人」について考えずにはいられなくなる。太宰治《だざいおさむ》賞、大江健三郎《おおえけんざぶろう》賞受賞のデビュー作『さようなら、オレンジ』は、異郷で出会った三人の女性の生き直しと友情を、彼女たちが「生きるための言語」を獲得する姿を通して描き出した作品だった。二作目の『Masato』は、父親の転勤でオーストラリアで暮らすことになった十一歳の安藤真人《あんどうまさと》が、英語と格闘しながら新しい自分を見出《みいだ》していく二年間の軌跡を、続編の『Matt』はそれから三年後、仲間たちにマットと呼ばれるようになった真人の人間関係とアイデンティティを巡る模索を描いていた。そしてこの『ジャパン・トリップ』は、メルボルンの小中一貫校、ローランド・ベイ・グラマー・スクールに通う子どもたちが、日本と日本語を体験する物語だ。

メルボルンは、オーストラリアにおける日本語教育発祥の地と言われている。オーストラリアの日本語学習者は、日本人が想像するよりもたぶんずっと多い。国際交流基金のウェブサイトに掲載されている二〇一八年度の調査によると、その数なんと四十万人以上。学習者は初等、中等教育（日本の小学校から高校に当たる）段階に集中している。日本語は主に「学校の授業」で学ばれているのだ。

第一章の「Ｍｙ　トリップ」はいわゆる地の文がなく、校内の会場に集まった人たちの声だけで構成されている。その場で誰かが回しているビデオカメラの映像を見ているかのようだ。姉妹校協定を結んでいる大阪の綾青《りようせい》学院への訪問とホームステイ、京都観光という「ジャパン・トリップ」の詳細を説明するのは、日本語の授業を担当しているコータ・ヤマナカこと山中光太朗《やまなかこうたろう》。彼は日本語学習と「トリップ」の目的についてこう述べる。

〈違う言語を学ぶことで、母語の成り立ちや文法をより深く理解したり、母国の文化を客観的にとらえることができるようになります〉〈他の文化や言語に親しく触れることで他文化に対する寛容性を養うことになるでしょう〉

寛容という言葉に照らされて浮かび上がるのは〈この人の英語もスゴイわね？〉〈理解できるからいいんじゃない？〉と、光太朗の英語を揶揄《やゆ》する保護者の会話だ。そのような目線を持つ親も、一部だがいることが分かる。もちろん、光太朗には強い味方もいる。ベテランの同僚、リアン・オキャラハンがその一人だ。ときに滑り気味のユーモアを発動するタフでおおらかな彼女は、学校のムードメーカー的存在だ。そして、なんと言っても子どもたち。光太朗の授業が大好きで、日本に興味津々の彼らは、滞在中は電車やバスに乗って通学することや、太秦《うずまさ》映画村の画像に大歓声を上げる。驚き、興奮しながら感嘆しているようでもある。日本語の勉強に意欲的なジョジーナ、「どうしても行きたい」と、親に対し初めて自分の意志を強く表明したシャンテル、ニンジャが大好きなローガン、日本での買い物を楽しみにしているニックら九人の「旅行《トリップ》」が、いよいよ始まる。

旅程の前半の顛末《てんまつ》が書かれた第二章は、十二歳のショーンが物語の中心になる。彼がホームステイすることになった宮本《みやもと》家は、雅明《まさあき》と茉莉《まり》の夫婦と九歳の双子の四人家族。綾青に子どもを通わせている他の家庭との経済格差を茉莉は気にしているが、「タタミ・マット」や「金色のボウルが置かれた木の箱」、お湯の冷めないバスタブがある木造住宅は、ショーンにとってはハイテクとローテクが混在する不思議の館だ。家族の日常に加わり、彼は「生活という文化」を次から次へと体験する。やんちゃな双子が難しい漢字を読めることに感動し、タコヤキを食べ、電車の乗り方のマナーを知る。おいしいものや快適なものに出会うと、母親不在の家庭で自分を育ててくれた愛情深いナン（おばあちゃん）のことを必ず思い浮かべる。

ナンへの感謝の気持ちから、ショーンは日本へ来たかった一番の理由を口にはしない。しかしナンは気付いている。気付いていることをショーンは知っている。この、祖母と孫の関係がいとおしくせつない。日本に慣れてきた滞在三日目、「理由」をめぐる葛藤《かっとう》に背中を押され、ショーンは自分でも思いがけないことをしてしまうのだが、抱きしめてくれる茉莉の全身から放たれる優しさに向けて彼が発した言葉が「オカーチャン」であることに胸がしめつけられる。ずっと抱えてきた小さな空洞に、すっぽりと温かく収まる「オカーチャン」。「日本語の」「オカーチャン」であることに、大きな意味があるのだ。

ショーンの一人称パートと、雅明と茉莉に焦点を当てた三人称のパートがあることで、彼らが生きてきたこれまでの時間をも読者は見渡すことができる。だからこそショーンが得た思い出がとても個人的な、かけがえのないものに思える。初日の「アリガトウ」は、大阪を離れる日に「アリガトウ、ゴザイマス」になる。ゴザイマス、には三日間分のショーンの気持ちがこめられている。相手の言葉で伝えると渡せる気持ちが何倍にもなることを、彼はこの「トリップ」で知ったに違いない。

ショーンが泣き笑いの濃密な時間を過ごしていた一方で、もどかしさと苛立《いらだ》ちを募らせていた子もいた。優等生のハイリーだ。京都観光をしながら、彼女は消えないもやもやと闘っている。ホストファミリーのユイカの家で英語練習マシーンのように扱われたうえ、一番の仲良しのキーラともけんかをしてしまい、踏《ふ》んだり蹴《け》ったりの気分なのだ。ハイリーは自分に困惑する。仲間が示してくれる優しさ、嵐山《あらしやま》の雪景色、可愛い和小物の店、お店の人の接客英語……それらがないまぜになって心を刺激する。わけの分からない感情が奔流するのを抑えられない。

彼女は、しかしほどなくして気付かされる。自分だってユイカと同じことをしていた。通りすがりの日本人にインタビューをするというアクティビティで、自分はキーラの〈出番〉を知らず知らずのうちに奪っていた。話す喜び、外国語が通じた、使えたという誇らしさを自分だけのものにしたいという気持ちがどこかにあったんだ――と。

〈ユイカ、別の言葉喋《しゃべ》るのってすっごく楽しいよね、なんでユイカがあんなに英語で喋りたがったのか、わたし、わかったよ〉

キーラとの仲直りを経て、ハイリーは心でユイカにそう語りかける。「すっごく楽しい」のは、話したいという想いと言葉を受け止めてくれる相手がいるから、そして自分も受け止める側になれるから。「トリップ」で九人は、ハイリーが得たようにそれぞれの実感と喜びを手にしたことだろう。帰国時の大きな笑顔がその証拠だ。

「主役」の子どもたちを支える「主人公」、光太朗のことを最後に書きたい。

彼は、米屋の三男坊として生まれ、一流食品会社に就職したものの、虚無感に耐え切れず渡豪。異国の地で人一倍の努力をしてきた自負を持つ、熱心な教師だ。

言葉がコミュニケーションにおいて果たせる領域とそうでない領域があることを知っている。言葉を尽くせば分かり合えるわけではないということも知っている。将来を思い描いた恋人との別れも、言葉の限界を思い知らされた経験のひとつだったかもしれない。〈言葉なんかおそろしく頼りないね、たかがしれている〉と、キーラとのけんかを打ち明けるハイリーに光太朗が言う場面があるが、心を込めて日本語を教えつつ、言葉は万能ではないと認識している人物であることがこの小説に厚みを与えている。

「トリップ」の二年後のある時間を切り取ったラストの掌編「ひとりごと」に、光太朗の母は国語の教師だったという記述がある。最後に置かれた安西冬衛《あんざいふゆえ》の一行詩「てふてふが一匹韃靼《だったん》海峡を渡って行った」は、母が少年の頃の光太朗に教えたものだろう。夜、暗い教員室で彼はひとりこの詩を口にし、両腕を広げる。詩のタイトルは「春」だ。

日本から海を渡り、オーストラリアにやって来て十年。過去の恋を上書きできそうな気配もある。光太郎の「旅《トリップ》」は、これからも続く。

本書は二〇一七年八月に小社より刊行された単行本を文庫化したものです。「I Love You」「ひとりごと」は書き下ろしです。

ジャパン・トリップ

岩《いわ》城《き》けい

令和２年　３月25日　初版発行
令和６年　３月５日　再版発行

発行者●山下直久

発行●株式会社KADOKAWA
〒102-8177　東京都千代田区富士見2-13-3
電話　0570-002-301（ナビダイヤル）

角川文庫 22081

印刷所●株式会社KADOKAWA
製本所●株式会社KADOKAWA

表紙画●和田三造

●お問い合わせ
https://www.kadokawa.co.jp/（「お問い合わせ」へお進みください）
※内容によっては、お答えできない場合があります。
※サポートは日本国内のみとさせていただきます。
※Japanese text only

ISBN 978-4-04-108985-9　C0193

角川文庫発刊に際して

角川源義

第二次世界大戦の敗北は、軍事力の敗北であった以上に、私たちの若い文化力の敗退であった。私たちの文化が戦争に対して如何に無力であり、単なるあだ花に過ぎなかったかを、私たちは身を以て体験し痛感した。西洋近代文化の摂取にとって、明治以後八十年の歳月は決して短かすぎたとは言えない。にもかかわらず、近代文化の伝統を確立し、自由な批判と柔軟な良識に富む文化層として自らを形成することに私たちは失敗して来た。そしてこれは、各層への文化の普及滲透を任務とする出版人の責任でもあった。

一九四五年以来、私たちは再び振出しに戻り、第一歩から踏み出すことを余儀なくされた。これは大きな不幸ではあるが、反面、これまでの混沌・未熟・歪曲の中にあった我が国の文化に秩序と確たる基礎を齎らすためには絶好の機会でもある。角川書店は、このような祖国の文化的危機にあたり、微力をも顧みず再建の礎石たるべき抱負と決意とをもって出発したが、ここに創立以来の念願を果すべく角川文庫を発刊する。これまで刊行されたあらゆる全集叢書文庫類の長所と短所とを検討し、古今東西の不朽の典籍を、良心的編集のもとに、廉価に、そして書架にふさわしい美本として、多くのひとびとに提供しようとする。しかし私たちは徒らに百科全書的な知識のジレッタントを作ることを目的とせず、あくまで祖国の文化に秩序と再建への道を示し、この文庫を角川書店の栄ある事業として、今後永久に継続発展せしめ、学芸と教養との殿堂として大成せんことを期したい。多くの読書子の愛情ある忠言と支持とによって、この希望と抱負とを完遂せしめられんことを願う。

一九四九年五月三日

角川文庫ベストセラー

正義のセ
ユウズウキカンチンで何が悪い！
阿川佐和子

東京下町の豆腐屋生まれの凜々子はまっすぐに育ち、やがて検事となる。法と情の間で揺れてしまう難事件、恋人とのすれ違い、同僚の不倫スキャンダル……山あり谷ありの日々にも負けない凜々子の成長物語。

正義のセ 2
史上最低の三十歳！
阿川佐和子

女性を狙った凶悪事件を担当することになり気合十分の凜々子。ところが同期のスキャンダルや、父の浮気疑惑などプライベートは恋のトラブル続き！　しかも自信満々で下した結論が大トラブルに発展し!?

正義のセ 3
名誉挽回の大勝負！
阿川佐和子

小学校の同級生で親友の明日香に裏切られた凜々子。さらに自分の仕事のミスが妹・温子の破談をまねいていたことを知る。自己嫌悪に陥った凜々子は同期の神蔵守にある決断を伝えるが……!?

正義のセ 4
負けっぱなしで終わるもんか！
阿川佐和子

尼崎に転勤してきた検事・凜々子。ある告発状をもとに捜査に乗り出すが、したたかな被疑者に翻弄されて取り調べは難航し、証拠集めに奔走する。プライベートではイケメン俳優と新たな恋の予感!?

スモールトーク
絲山秋子

ゆうこのもとをかつての男が訪れる。久しぶりの再会になんの感慨も湧かないゆうこだが、男の乗ってきたクルマに目を奪われてしまう。以来、男は毎回エキゾチックなクルマで現れるのだが――。珠玉の七篇。

角川文庫ベストセラー

ニート　絲山秋子

どうでもいいって言ったら、この世の中本当に何もかもどうでもいいわけで、それがキミの思想そのものでもあった――(「ニート」)現代人の孤独と寂寥、人間関係の揺らぎを描き出す傑作短篇集。

あひる　今村夏子

わが家にあひるがやってきた。名前は「のりたま」。近所の子供たちの人気者になるが、体調を崩し、動物病院に運ばれていってしまう。2週間後、帰ってきたのりたまはなぜか以前よりも小さくなっていて――。

落下する夕方　江國香織

別れた恋人の新しい恋人が、突然乗り込んできて、同居をはじめた。梨果にとって、いとおしいのは健悟なのに、彼は新しい恋人に会いにやってくる。新世代のスピリッツと空気感溢れる、リリカル・ストーリー。

はだかんぼうたち　江國香織

9歳年下の鯖崎と付き合う桃。母の和枝を急に亡くした、桃の親友の響子。桃がいながらも響子に接近する鯖崎……〝誰かを求める〟思いにあまりに素直な男女たち＝〝はだかんぼうたち〟のたどり着く地とは――。

偶然の祝福　小川洋子

見覚えのない弟にとりつかれてしまう女性作家、夫への不信がぬぐえない妻と幼子、失踪者についつい引き込まれていく私……心に小さな空洞を抱える私たちの、愛と再生の物語。